Maria Biesenbach • Das Haus in der Wenzelgasse

Maria Biesenbach

Das Haus in der Wenzelgasse

Kindheitserinnerungen im Dritten Reich

Mit Zeichnungen von Maria Biesenbach

Errata

4. Umschlagseite:
Das Haus in der Wenzelgasse ist eine Biographie der besonderen Art.

FOUQUÉ LITERATURVERLAG
Egelsbach • Frankfurt a.M. • München
Bremen • New York

Die Deutsche Bibliothek - CIP-Einheitsaufnahme
Biesenbach, Maria: Das Haus in der Wezelgasse ; Kindheitserinnerungen im Dritten Reich / Maria Biesenbach.
Egelsbach ; Frankfurt (Main) ; München ; Bremen ; New York: Fouqué, 1998
ISBN 3-8267-4233-8
NE: GT

Imprint der Verlagsgruppe Dr. Hänsel-Hohenhausen®
Egelsbach · Frankfurt a.M. · München · Bremen · New York
Boschring 21-23 · D-63329 Egelsbach
Fax 06103-44944 · Tel. 06103-44940

ISBN 3-8267-4233-8
Erste Auflage
1998

Satz und Lektorat: Dr. Olaf Grosch
Zeichnungen von Maria Biesenbach

Printed in Germany

Meinen Geschwistern

und

meinem Mann Friedrich

mit

Andreas und Christoph

Inhalt

Das Haus in der Wenzelgasse
– Kindheit im Dritten Reich –

Immer wieder zieht es mich dorthin zurück, wo ich am 11. März 1930, an einem kalten Vorfrühlingstag, im Eiltempo auf diese Welt kam. Ich hatte es so eilig, daß Papa kaum noch Zeit dazu fand, einen Ofen im Elternschlafzimmer aufzustellen. Zusammen mit unserer Familienhebamme Frau Oster half Papa seinen sieben Sprößlingen auf die Welt. Alle überlebten dies prachtvoll und ohne Komplikationen.

Meine sechs Geschwister und ich hatten den Vorzug, einen besonders schönen Geburtsort erhalten zu haben.

Unser Haus, von dem gleich die Rede sein wird, steht am Fuße einer prächtigen Burg, eingebettet zwischen den alten Häusern des engen Gäßchens. Stolz thront das schöne Bauwerk, das schon Zerstörung durch die Franzosen 1689 und Wiederaufbau 1879 erlebt hat, auf einem hohen Bergkegel mitten in dem wunderschönen, mittelalterlichen Weinstädtchen Cochem, welches man die Perle der Mosel nennt.

Nun stehe ich nach langer Zeit wieder einmal vor meinem Elternhaus, nie mehr werde ich dort eintreten können, es gibt kein zurück mehr ins Paradies. Mutter, Vater, die beiden Tanten und die Brüder sind tot, und das Haus ist in fremde Hände übergegangen.

Aber in meinem Herzen bleibt es mein Elternhaus, und aus dem Paradies der Erinnerungen kann mich niemand vertreiben.

Wehmütig sehe ich an ihm empor. Es schaut mich mit seinen vielen Fenstern fast vorwurfsvoll an, wie ein Freund, der fragt: „Warum bist du so lange weggeblieben?“ Ich erinnere mich an meinen letzten Ferienaufenthalt in diesem Haus, den ich in den siebziger Jahren mit meinem Mann und unseren beiden Söhnen dort verbrachte, die vom Zauber und Geheimnis des alten Hauses immer wieder fasziniert waren.

Während ich wie gebannt zu den Fenstern hinaufstarre, verblaßt die Gegenwart wie in einem Nebel. Ich befinde mich auf der Suche nach der Vergangenheit.

Die Entdeckung

Großvater Wagner, Papas Vater, hat das schöne, rote Backsteinhaus mit dem Giebeldach 1887 gebaut. Die Kriegsjahre hat es fast unbeschadet überstanden. Es steht auf historischem Boden. Das mittelalterliche Hl.-Geist-Hospital nebst Kirche brannte im Jahre 1897 ab. Auf dem stehengebliebenen, vielhundertjährigen Keller mit mächtigem Kreuzgewölbe baute mein Großvater dieses Haus.
Im Garten fand er beim Graben eine große Anzahl menschlicher Knochen, die darauf schließen ließen, daß hier einst der Friedhof lag. Eine gewisse Unheimlichkeit des Ortes beflügelte stets meine Phantasie.
Liebevoll betrachte ich die kleinen Dachfenster mit ihren spitzen Dächern, wohinter sich die Zimmer mit ihren verwinkelten Dachschrägen von uns Kindern befinden. Darunter die großen Fenster unserer Wohnräume, die mit kunstvoll geschmiedeten Fenstergittern meines Großvaters versehen sind. Besonders liebe ich die prächtige Haustür mit den eisernen Blumenornamenten und dem Oberfenster, wo in großen, goldenen verschnörkelten Buchstaben „Joseph Wagner“ steht. Darauf bin ich mächtig stolz.
Ich steige langsam die schmalen Stiegen der Speichertreppe hinauf. Der letzte Treppenabsatz knarrt noch genauso wie früher.
Erinnerungsfetzen tauchen auf: „Paßt auf, daß ihr mir da nur nicht runterfallt!“ ruft Dati, unsere Tante besorgt. Eigentlich heißt sie Gertrud und ist Papas älteste Schwester, die unverheiratet, genau wie ihre jüngere Schwester Elisa-

beth, von uns Kindern vereinfacht in Betta umgewandelt, bei uns in der Familie ihren festen Platz hat. Immer sorgt sie sich um uns, die gute Tante. So viele Kinder, sechs an der Zahl, kosten mit ihrem Geschrei und Gezanke viel Nerven. Ein siebtes, das Lisabethchen, starb viel zu früh mit vier Jahren 1932 an Diphtherie. Für die ganze Familie bedeutete der Tod des „kleinen dicken Bauernmädchens", wie sie zärtlich genannt wurde, einen tiefen Schmerz. All die Jahre bis zu ihrem Tod bewahrte Mama die Kleider ihres Kindchens auf.

Was suche ich eigentlich hier oben auf dem dunkeln Speicher?
Zögernd schiebe ich den Riegel der noch immer mit einer alten Blumentapete beklebten Türe zurück. Die Muster der Tapete verschieben sich und verändern sich zu seltsamen, bizarren Gesichtern. Ein muffiger Modergeruch schlägt mir entgegen und ruft ein Gefühl von Grusel hervor. Das kleine Mädchen in mir fürchtet sich ein wenig. Wie lange mag wohl hier oben keiner mehr gewesen sein?
Das Tageslicht, das durch ein winziges Dachfenster fällt, wirft riesige Schatten in den ohnehin schon düsteren Speicherraum. Es wispert und flüstert geheimnisvoll – das wird wohl der Wind sein, der übers Dach streicht!
Überall lauern in den Ecken und Winkeln unheimliche Gestalten meiner lebhaften Phantasie.
Es raschelt im Gebälk – erschreckt fahre ich zusammen, mein Herz klopft heftig bis zum Hals hinauf. Was ist das? Eine Maus huscht, von mir aufgeschreckt, blitzschnell an mir vorbei und verschwindet in einem Loch. Erleichtert lache ich. Wie sehr mag ich doch die kleinen Nager mit den runden, schwarzen Kulleraugen, wenn sie ihre nächtlichen

Wettrennen über meinem Zimmer auf dem Dachboden veranstalten. Heimlich lege ich ihnen Futterkörner unserer Kaninchen hin und freue mich riesig, wenn sie nahe an mich herankommen. Soviel Vertrauen der Kreatur zu einem Menschenkind erfüllt mich mit heimlichem Stolz und ich komme mir wie der Hl. Franziskus vor, dem alle Tiere aus der Hand fraßen. Zu meinem großen Kummer treibt die Gier der putzigen Tierchen nach Speck diese oft in eine der aufgestellten Mausefallen, und sie finden darin ein schlimmes Ende. Ich habe Wut auf die großen Leute. Mit meinem mitleidigen Kinderherzen kann ich nicht einsehen, warum nicht alle Mäuse leben bleiben dürfen.

Über mir baumelt eine dicke Spinne in ihrem kunstvoll gewebten Netz, das vom Wind leise hin und her geschaukelt wird. Das große Insekt starrt mich unbeweglich, fast hypnotisch mit seinen Punktaugen an. Die behaarten Beine bewegen sich nahezu unmerklich, bereit, mit einem plötzlichen Sprung nach vorne ihre Beute zu umgarnen. Ich fühle mich unbehaglich in der Nähe dieses Monsters und stoße mir fast den Kopf an der alten Leiter, die zum oberen Giebelspeicher führt. Da oben traue ich mich nicht hinauf, da spielen nur die „Großen" mit ihren Freunden ihre Räuberspiele. Dabei dürfen wir „Kleinen" nicht mitmachen. Es gibt eine strenge Rangordnung zwischen „Großen" und „Kleinen". Sechs Kinder sind ganz einfach in drei Große und drei Kleine aufzuteilen. Wir drei Jüngsten werden überall nur die „Binzchen" genannt. Diese Bezeichnung für „klein" prägte ein boshafter Lehrer für meinen Bruder Franz, den das tief kränkt. Dieser Makel wird auch auf uns übertragen, und das ärgert mich furchtbar. Müssen wir doch schon in der Schule ganz hintenan stehen wegen unserer kleinen Gestalt.

Ich setze mich auf die Leiter und schaue zum Dachfenster hinaus, weit über die eng nebeneinander verschachtelten, schieferbedeckten Giebeldächer der Häuser. Dahinter erheben sich der schlanke, hohe Kirchturm mit seiner schönen, barocken Zwiebelhaube und daneben der ältere, gotische Chor, der bei der Zerstörung 1945 erhalten geblieben ist.

Es beginnt zu läuten, mit warmen, schwingenden Tönen. Ich lausche. Ist einer gestorben, dann läutet die dunkeltönende Totenglocke. „Es klembt", sagen wir in Cochem.

Eines Tages holen sie alle Glocken aus dem Kirchturm. Sie werden für den „Endsieg" in Waffen umgeschmolzen.

Im Hintergrund hebt sich der schroffe Pinnerberg mit dem Pinnerkreuz scharf vom Himmel ab. An seinen steilen Hängen wächst wegen der sonnigen Lage ein besonders guter Wein. Es ist schon sehr mühsam für die Träger, mit ihren hochbeladenen, mit goldgelben süßen Früchten gefüllten „Hotten" auf dem Rücken den steilen Berg hinab bis zu den Traubenfässern tief unten ins Tal zu gelangen, ohne dabei zu stürzen. Für uns Kinder ist die Kraxelei auf dem Schiefergestein noch ein Spaß. Die Mühen dieser Arbeit lernen wir erst später kennen, im Krieg und in den Jahren danach, als Papa uns als Ersatz für die zur Wehrmacht eingezogenen Arbeiter brauchte.

Schon im Winter geht die Plackerei los: Schneiden, Binden. Keine gefütterten Stiefel, höchstens Wollsocken. Keine dicken Steppjacken, nur Lodenmäntel, die wir jahrelang tragen. Oft heule ich, weil meine Frostbeulen an Händen und Füßen gar so weh tun. Es dauert lang, bis sie viel später wieder verschwinden.

Die Legende erzählt, daß von dort oben ein Schäfer namens Pinner auf der Suche nach einem verlaufenen Schaf mitsamt seiner ganzen Herde in die Tiefe gestürzt sei. Es ist eine schrecklich traurige Geschichte und mich schaudert es jedesmal, wenn Dati sie uns grauslich ausgeschmückt erzählt.

Im Dachkendel (Dachrinne) unter mir tummeln sich die Spatzen, und mir schwindelt bei der Vorstellung an Papas Flickarbeiten am steilen Dach. Oft sehe ich ihn in Gedanken abgestürzt, tot auf der Straße liegen. Mama durchlebte angstvolle Stunden, bis er wieder unten war; einmal ist er fast verunglückt, als er bis zur Dachrinne abgerutscht war. „Josef, mußt du denn unbedingt immer da naufsteiche? Denk doch an dei viele Kinner, wenn die dann kei Vadder mehr hädde! Du kannst doch ei Dachdecker bestelle!“ Mama ist aus Frankfurt und kann ihre Muttersprache nie ganz verleugnen. Papa aber denkt an das kostbare Geld, das er dem dann geben muß, und er soll doch so viele hungrige Mäuler stopfen!
In meiner luftigen Höhe hier oben fühle ich mich wie eine Königin in ihrem Reich. Hier ist meine Zufluchtsstätte, um zu träumen und verbotene Bücher zu lesen, die mir eine Nachbarin leiht. Courts-Mahler und so schön schnulzige Liebesromane, die traurig sind, aber dann doch meistens gut ausgehen. „Du verdirbst dir dei Geschmack mit dem Zeuch“, schimpft Mama, die Wert auf gute Literatur legt. Mama ist ein Lesegenie, nicht ansprechbar, wenn sie am Bücherschrank steht und liest. „Mama, hör doch mal zu! Mama – Mama!!“ Aber Mama hört nicht.
Bald verschwindet jüdische Literatur, wie Heinrich Heine und Mendelssohn, hinter den hintersten Buchreihen im Bücherschrank. Die ist streng verboten zu lesen, laut Anordnung von „höchster Stelle.“

Wie schön ist doch meine Heimat, denke ich mit einem Anflug von Rührung. Vorsichtig klettere ich die paar Stufen hinab. Wie schnell kann man sich etwas brechen, wenn die Knochen älter sind.
Überall liegen alte Spielsachen und viel Gerümpel herum. Sogar noch eine Reihe alter Lexika stehen auf einem halbverfaulten Bücherbord in einer Ecke des Speichers und gammeln vor sich hin. Ich entziffere die mit goldenen Buchstaben auf braunem Einband in Lederimitation geschriebenen Titel:

Piers Universal Conversationslexikon
1875-1879

Es sind 18 Bände, mehr oder weniger in schlechtem Zustand. Sie stammen wohl noch von Großvater. Beim Blättern fällt dicker Staub aus den Seiten, welche Spuren vom Appetit der Mäuse zeigen.
Dickes Spinnengewebe baumelt von den Balken herab. Hier ist die Zeit stehengeblieben.
Da fällt mein Blick auf eine Blechkiste, die im äußersten Winkel des Fenstergiebels steht. Ich versuche, mich halb kriechend in das enge, schmutzige Loch zu zwängen. Neugierig nähere ich mich dem Gegenstand meiner Entdekkung, ich habe eine Vorliebe für Dosen jeder Art. Die Kiste schien wohl einmal silbrig glänzend gewesen zu sein, jetzt haben der Rost und die Zeit ihre Spuren darauf hinterlassen. Vielleicht hat sie einmal für die Aufbewahrung von Gebäck gedient.

Ich ziehe die Blechkiste heraus und entferne erst einmal den gröbsten Dreck. Eine Spannung bemächtigt sich meiner. Was mag sich wohl darin befinden? Es ist ungeheuer erregend! Vielleicht gibt es noch einen verborgenen Schatz, so wie es in Abenteuergeschichten und Kinderphantasien geschieht.

Meine Erinnerungen purzeln durcheinander, ähnlich wie in einem Kaleidoskop die Steinchen, ehe sie sich zu einem bunten Gebilde zusammenfügen.

Vor langer Zeit habe ich einmal im Garten ein tiefes Loch in die Erde gegraben, um zu Frau Holle zu gelangen. Ich redete mit ihr, und sie warf mir ein paar weiße Federn in meine Schürze. Niemand hätte mir meinen Glauben an Wunder nehmen können. „Dat Ria spinnt!" sagten die Größeren, nicht aber Papa und Mama.

Ganz langsam, fast zögernd, hebe ich den halbverrosteten Deckel hoch, er klemmt, und ich muß etwas Kraft anwenden. Es ist kein Schatz zu erkennen, nur ein paar alte schwarze, ziemlich abgegriffene Wachstuchhefte. Ich bin

etwas enttäuscht. Was glaubte ich denn, darin zu finden? Wirklich einen Schatz?
Aber meine Leidenschaft für alte Sachen treibt mich auf die Suche nach einem Geheimnis.
Ich nehme das oberste Heft aus der Kiste und schlage es auf – ich stocke – auf dem Vorderblatt lese ich, in großen Buchstaben geschrieben:

Meinem lieben Patenkind Gisela,
1925

Mir fällt blitzartig ein, das sind die verschollenen Tagebücher meiner Tante Dati, die sie ab 1925, während der Hitlerzeit und in den beiden folgenden Nachkriegsjahren geschrieben hat. Keiner hatte eine Ahnung, wo sie sich befanden. Mama hat sie nach dem Tod von Dati überall gesucht, da darin vieles über die Familie geschrieben war.
Ab und zu hat sie uns Kindern daraus vorgelesen, und ich erinnere mich noch schwach daran, daß wir bei der Schilderung von Lisabethchens Sterben bitterlich heulten. Dati verstand es meisterhaft, uns mit ihren dramatischen Ausschmückungen von Geschichten und Märchen in Bann zu schlagen.
„Ja, Kinderchen, was glaubt ihr denn, wer da auf einmal aus dem dunklen, dunklen Wald herauskam? Da kam – sie machte dazwischen lange gedehnte Stimmveränderungen, es kam — wir vergingen vor gespannter Erwartung. Oder sie sang uns die traurige Geschichte von dem Knaben und Mägdelein vor, die einander liebten und in die Ferne wandern, dann aber sind sie verdorben und gestoooorben! Ach, war das schauerlich schön traurig, wenn sie in langgezogenen Tönen das traurige Ende der Liebenden sang!

Mit beschwörender Stimme zauberte sie uns sämtliche Gespenster und Geister herbei. Wir wollen immer mehr hören, trotz Gruselns: „Weiter, Dati, weiter – bitte! – verzähl uns weiter vom Ritter Kuno und der Rosa!“
Ich klettere wieder auf meinen Leitersitz nahe dem Dachfenster und beginne zu lesen.
Immer mehr erschließen sich mir die in feiner Sütterlinschrift eng beschriebenen Blätter und vieles ins Vergessen versunkene tritt vor mich hin. Menschen kommen aus dem Verborgenen meines Innern hervor. Verwandte, Freunde, Schulkameraden, Lehrer und solche, die uns in Haus und Weinberg halfen.
Sie tanzen plötzlich alle zusammen und bevölkern die Stille des alten Speichers. Vater, Mutter und die Tanten – schon längst tot – sie alle sprechen zu mir, lächeln mich an.
Aus dem Dunkel treten aber auch böse, furchterregende Gestalten auf mich zu, fratzenhaft, mit teuflischen Gesichtern, Lehrer und Schergen der Naziherrschaft, die mich ängstigen. Der Krieg mit Bombenterror und seinen Folgen holt mich wieder ein. Ich höre die Flieger brummen, Sirenen heulen – das Zischen der Bomben beim Niedersausen, die furchtbaren Detonationen beim Einschlag.
Geht fort, ihr schlimmen Geister der Vergangenheit!
Es beginnt zu regnen, sanft, mit gleichmäßigem Tröpfeln. Das beruhigt mein aufgeregtes Gemüt. Ich liebe das Geräusch des Regens. An einer undichten Stelle läuft Wasser in dünnem Rinnsal auf den Boden und bildet dort eine kleine Pfütze. Man müßte Schüsseln aufstellen, denke ich. Warum tut denn niemand etwas am kaputten Dach?
Ich sehe Papa vor mir, wie er dort oben rumklettert und repariert.

Das erste Büchlein mit seinen 88 Seiten – Dati hat jede Seite numeriert – beginnt im Jahr 1925. Franz und Gisela, die ältesten, sind gerade drei und ein Jahr alt.
Interessiert lese ich, was sie Silvester 1925 schreibt: *Silvester. Seit 3 Tagen sitzt Cochem im fürchterlichen, steigenden Hochwasser. Letzte Nacht wurde Sturm geläutet um 1/2 5 Uhr und dann in den noch gangbaren Straßen ausgeschellt: ‚Trier stark steigend. Wolkenbruch in Metz!' Die ganze Bachstraße ein stürzendes, weithin rauschendes Wasser, Seitenkanäle verstopft. Um die Kirche läuft es fast im Bogen zusammen. Innen Verwüstung, Krippenbäume umgefallen. Die Endert ist ein reißender Strom. Bis zur Sägemühle alles unter Wasser. Verkehr fast lebensgefährlich, übers Tunell mit Leitern und dann über den Bahnsteig. Gottesdienst ist auf dem Kapuzinerkloster, das wohl schon oft auf solche Wassernot herabgesehen im Tal und viel andere Not, Krieg, Morden, Feuer und Zerstörung. Jetzt haben wir 18 Grad warm, vor einem Monat noch 20 Grad Kälte.*
Ich selbst habe in späteren Jahren manche schlimmen Hochwasser erlebt, aber nie in solch katastrophalen Ausmaßen wie im Jahr 1925/26. Wie doch der sich anmutig durch die Moselberge schlängelnde Fluß zu einer alles verschlingenden Urgewalt werden kann!
Gespannt lese ich weiter und gelange allmählich zum Jahr 1929.
18. Februar 1929. „Europa erstarrt in Eis und Schnee", so steht *jetzt in den Zeitungen von der langen, ungewöhnlichen Kälte für unser Klima um diese Zeit. Vom 14. Februar ab ging von* Clotten (Nachbarort) *her die Mosel allmählich zu.* In Cochem *war 25 Grad Tiefststand, auf der Höhe 30 Grad.*
Gestern ging die ganze Familie auf die Mosel rutschen mit den Kleinen um die Wette. In Cond am Ufer werden warmer Wein und Würstchen verkauft."

Der erste Blick ins Leben

Unten von der Straße herauf erschallt das Geschrei spielender Kinder. Ich werde zu den Anfängen meiner Kindheit zurückgebracht.
Der März 1930 ist kalt, Papa muß noch einmal den Ofen im Elternschlafzimmer aufstellen. Nach meiner Blitzgeburt verhalte ich mich erst einmal still, allerdings so still, daß sie besorgt sind und den Doktor holen. Ist das Kind nicht normal oder kann es nicht hören? Der Doktor Seidenberg, Papa sagt mit Vorliebe „Seidenschwanz", untersucht mich gründlich und befindet dann: „Dat Kind is janz jesund, nur e bisje still." Die Kindtaufe wird eine sehr feierliche Angelegenheit. Frau Oster, die Hebamme, marschiert mit großer Würde mit mir auf ihren kräftigen Armen durch die Herrenstraße über den Marktplatz zur Kirche. Hinterdrein der stolze Papa und die Paten und der Rattenschwanz meiner Geschwister, zur Belustigung einiger Zuschauer: „Guck mohl, su vill Kenner!" (Guck mal, so viele Kinder!) Es sollen aber noch mehr werden, Mama möchte am liebsten zehn Kinder haben, was aus Platzmangel allerdings problematisch würde.
Sehr schnell beginne ich zu laufen und tippele mit großen, neugierigen Augen in den Familienverband hinein.

Allmählich beginnt es zu dämmern, ich habe Mühe, in diesem diffusen Licht die eng beschriebenen Blätter zu entziffern. Ich bin beim Jahr 1932 angelangt. Da entdecke ich verwischte Stellen – schwer lesbar. Sieht nach Tränenspuren aus. Beim Lesen von meines Schwesterchens Tod, deren Spielgefährtin ich war, kommen mir nun ebenfalls die Tränen. Ich habe jetzt selbst Kinder und kann mich so gut in diesen Schmerz hineindenken.

24. FEBRUAR 1932. *Eine neue Sorge. Lisabethchen hat eine starke Angina seit fünf Tagen. Heute war es am schlimmsten, und das Kind meist apathisch oder schlafend, erst seit dieser Nacht klagt es über Halsschmerzen. Anfangs war es nur ein seltsam bellender Husten. Wenn es doch wieder so wuselig herumliefe!*

Bubi und Gisela fragen auch als mal nach der Politik. Sie hören jetzt von der Reichspräsidentenwahl reden, von den Landtagswahlen, den Arbeitslosen, der Geldknappheit, und Hitler, etc. etc. Da müssen sie mal fragen und denken, Franz erwischte auf einer Einwickelzeitung den chinesisch-japanischen Konflikt, den er von A–Z studiert.

26. FEBRUAR: *Lisabethchen ist sehr, sehr krank. Die ganze Nacht Atemnot, Husten, will immer schlafen, nimmt nichts. Gestern nachmittag war sie mal munterer, als der Doktor kam. Fieber hat sie keines mehr, wäre besser. Gestern hatte sie auch noch das liebe, verschämte Lächeln, wenn sie auch nichts sprach.*

27. FEBRUAR ABENDS. *Was war das heute für ein Tag! Schon um 9 Uhr wurde der Atem immer schwerer, die Händchen waren blau. Ich lief schnell zum Arzt, klopfte ihn aus der Sprechstunde, der nun auch erregt war und spornstreichs kam. Ich lief noch zur Volksbank den Papa holen. Der Arzt befahl schleunigst Überführung ins Krankenhaus zum Luftröhrenschnitt wegen Luftröhrendiphtherie. Ich lief schnell ein Auto bestellen. Papa nahm die arme Maus auf den Schoß. Ich fuhr mit, weil Mama bei Agneschen* (4 Wochen alt) *bleiben mußte.*

Oben im Krankenhaus mußten wir mit dem nach Luft ringenden Kind noch lange warten. Das erste, ein scheußliches Badezimmer mit Bett konnten wir nicht nehmen. Dann kamen zwei Ärzte, die die Operation gleich zu machen anrieten, da das Herzchen jetzt noch ziemlich stark sei. Lisabethchen war so still und schläfrig, nur bei dem qualvollen, bellenden Husten wollte sie manchmal weinen. Sie ließ sich auch geduldig von der Schwester zur Operation tragen. Den Papa, der dabei sein wollte, hatte ich vorher fortbugsiert. Er mutet sich zuviel zu, ohne helfen zu können. Erst in einer Stunde war es soweit. Da war gerade die Mama gekommen, ich ging mal heim essen. Die Mama erzählte später, sie sei bald aufgewacht und habe sie angelächelt. Dies rührende, arme Kinderlächeln! In gesunden Tagen so schelmisch. Werden wir es noch mal sehen? Gisela und Bernhard gingen fürs Schwesterchen den Kreuzweg beten. Alle bekamen Spritzen wegen der Ansteckungsgefahr. – 28. FEBR. SONNTAG. Heute morgen schon zur Messe ins Kloster (Krankenhaus). Die Nacht sei unruhig gewesen, gegen Morgen besser. Aber immer noch der gequälte Husten und das Pfeifen aus der Kanüle dabei. Sie habe zwei Fläschchen getrunken. Glückselig lachte mich das Gesichtchen an. Ich nannte alle bekannten Namen, sagen konnte sie ja nichts. Sie hatte diese erste Nacht wohl eine gute, aber rauhe und taube Schwester. Das ist die größte Qual für uns, das Kind fremden Händen zu überlassen. Sie scheinen sie gern zu haben. Man hatte nicht gern, daß wir so oft zu ihr kommen. Heute abend war noch keine besondere Veränderung ihres Zustandes.

29. FEBRUAR 1932. Unser liebes, armes kleines Elisabethchen ist tot!

Liebchen, Kindchen, nun bist du das Engelchen, das du so oft gewünscht und gespielt hast. Und hast doch so furchtbar drum leiden müssen. Mama und Papa wurden um 1/2 5 Uhr diese

Nacht gerufen. Sie fanden den Anfall vorüber nach einer Spritze. Dann aber kamen die Krämpfe immer häufiger. Um 1 Uhr war es zu Ende. Wir gingen noch in die Kapelle.

Die zwei Großen (10 u. 8 Jahre) *lagen heute im Bett. Bubi schrie laut vor Leid, Gisela weinte leise vor sich hin. Am bitterlichsten weinte Bernhard, dem sie am meisten Gespiele war. Nur Mariale versteht nichts. Sie wird auch vom Schwesterchen keine Erinnerung behalten. Aber wir? Wir können das Kind nie verschmerzen. Die sonnige, liebe Maus.*

Wir leben das Leben weiter. Ohne das eine. Die anderen sind Trost, aber auch Schmerz. Alles ist anders, wird nie mehr, wie es vorher war.

12. MÄRZ. *Sie hören jetzt viel von den Präsidentenwahlen und den Nazis. Bernhard sagt „Nationalsolisten."*

Agnes hat an Mamas Namenstag zum erstenmal „Ra, ra" gesagt, ist aber sehr sparsam im Lächeln. Die Muttermilch ist ihr mit sehr viel Leid vermischt worden.

13. MÄRZ 32. *Sie waren auf dem Berg zur Lescherlinde, – ohne das flinke Lisabethchen. Sie sahen nur unten sein kleines weißes, geschmücktes Grab von der Höhe aus.*

Bubi fragte mich daheim viel von Politik, Partei und Wahlen und gesetzlichen Einrichtungen. Auch Gisela und Bernhard wollten davon wissen. Er erklärte, er würde bestimmt Hindenburg wählen.

Mariale schwätzt alles, ist Papas Ersatz fürs Lisabethchen. Aber keines kann ein anderes ganz ersetzen. Es ist mehr Schmerz dann.

Ich kann hier nun wirklich nichts mehr sehen und entschließe mich, den Platz zu wechseln. Gleich nebenan ist Datis Speicherzimmer, das Paradies für uns Kinder, welches sie nach ihrem letzten Krankenhausaufenthalt im Jahr 1953 nie mehr betreten sollte.
Ein leichtes Wehen streicht an mir vorbei. Sie öffnet die Tür und ruft: „Kinderchen, kommt doch rein, ich erzähl euch eine Geschichte!"
Das lassen wir uns nicht zweimal sagen: „Dati, bitte die von dem Ritter Kuno und der Rosa von Tannenburg!"
Und Tantchen läßt uns mit dem Reichtum ihrer Fabulierkunst in eine andere Welt entschweben, in die Welt der Schwarzweißmalerei, die Welt von nur Gut und nur Böse, so waren die Geschichten des damals so beliebten Schriftstellers Christoph v. Schmitt. Gierig hängen wir an ihren Lippen und saugen jedes Wort in uns hinein. Wir erleiden die Qualen der guten verstoßenen Rosa – ein anderes Mal ist es die arme Genoveva. Wir wünschen dem Bösewicht Kuno strenge Bestrafung. Wir zittern um unsere geliebten Heldinnen, obwohl wir schon längst wissen, daß die Geschichte gut ausgeht.
Am nächsten Tag male ich den Ritter Kuno und die arme Rosa, ich male und male mir alles von der Seele, was ein Kinderherz mit den Helden der Geschichte miterlebt hat.
Beim Lesen gerate ich in einen Strudel der verschiedensten Empfindungen. Die Aufzeichnungen meiner Tante pendeln zwischen persönlichen Leiden und sachlichen Betrachtungen der politischen Entwicklung und humorvollen Schilde-

rungen ihrer Nichten und Neffen, an denen ihr Herz zärtlich hing.

24. APRIL 1932. *Heute wurden sie fotografiert. Das eine war nicht mehr dabei. Aber Agneschen nahm die 5. Stelle ein.*

Heute war Wahltag. Ungeheures Anwachsen der Hitlerstimmen. Aber Centrum steht ziemlich gleich bis jetzt. Die anderen sitzen noch unten im Wohnzimmer beim Radio bis zum Abschluß. Ob Hitler noch genannt wird, wenn Gisela (ihr Patenkind) *dies Büchlein liest? Es ist soviel Massensuggestion und Vergötterung um den Mann, man könnte meinen, „Dämonisches".*

24. JUNI. *Seit Brünings Sturz sprechen wir meist Politisches. Es sieht schwarz aus darin für uns und alle Gutdenkenden. Was werden die Kinder noch alles erleben! Damit tröstete man uns, als das Kleine starb. Man dachte da nur an so eine Redensart. Heute denkt man schon mehr daran, daß es Wirklichkeit wird. Alles geht unter im Machtkampf, Diesseitskult, Technik, Leibespflege und Sport. Hoffen wir, daß eine, wenn auch kleine, Elite als Sauerteig bleiben wird, und seien es Märtyrer.*

Mein Blick schweift aus dem Fenster von Datis Speicherzimmer in den kleinen Berggarten.

Was schreien die denn da oben auf dem Schulhof so laut? Noch verstehe ich nichts von dem, was sich an Unheil anbahnt.

Das massige, häßliche ehemalige Schloßhotel, jetzt Gymnasium, in dem ich mich vier Jahre bis zum Zusammenbruch durchgequält habe, in dessen Aula ich 1953 aber auch durch glückhafte Fügung meinen Mann kennenlernte, der damals mit einer „fahrenden" Schauspielertruppe auf Gastspieltournee war, steht hoch aufgereckt, fast drohend, wie mir scheint, über unserem Haus auf einem Hügel am Fuße der Burg.

Die neuen Machthaber marschieren auf, mit bedrohlich lautem Stiefeltritt auf dem Kopfsteinpflaster des Städtchens und hinauf zum Schulhof, wo jetzt ständig exerziert wird. „Marsch, marsch – links – rechts – geraaaade aus!!“
Von unserer Veranda aus, an die sich das Berggärtchen anschließt, können wir das unsinnige Treiben beobachten. Wir äffen nach, heimlich, „marsch, marsch, marsch, der Hauptmann hat ein Loch im A...!“ Dies laut zu singen, hätte unter Umständen fatale Folgen haben können – Verunglimpfung einer hohen, politischen Persönlichkeit!
Da oben brüllt Jugend die Jugend an, in haßerfüllten, von Macht besessenen Tiraden. Meine Familie widert es an und Papa weigert sich, uns dieser Beeinflussung auszusetzen. „Und wenn ich hundert Strafzettel bezahlen muß, da geht ihr mir nicht hin!“ schimpft er wütend. Ganz konnte er uns zu seinem Leidwesen von dort nicht fernhalten, aber er bezahlte viele, viele Strafzettel mit 5 Deutschen Reichsmark das Stück. Das war für den Vater einer so großen Familie ungeheuer viel Geld. Aber das Opfer waren ihm die noch beeinflußbaren Seelen seiner Kinder wert.
Ich lese, was meine Tante am 29. Sept. 1933 schreibt: *Eine Feier löst die andere ab. Sind es noch Kinderkrankheiten?*
In der höheren Schule hat Dr. X gesagt, die, die nicht in die Hitlerjugend gingen, würden es am Zeugnis merken. Jede Note würde herabgesetzt. Er sorge schon dafür, wenn sie durch seine Hände gingen.
Das ist jetzt die Schule! Sind wir noch ein freies Volk heute? Dabei ist man nicht unwillig, auch einem Neuen gerecht zu werden.

Verantwortung lernen

Was verbirgt sich wohl noch alles in diesen Seiten? Menschenschicksale längst vergangener Zeiten, doch jederzeit wieder erweckbar, wie Musik, die aus stummen Notenzeichen zum Erklingen gebracht werden kann.
Mama will uns begreiflich machen, daß man nicht nur an sich selbst denken darf, sondern mit denen teilen muß, die noch weniger haben.
Ihr christliches und soziales Denken ging oft so weit – ich muß gestehen, nicht immer zu meiner Freude –, daß sie von uns Verzicht von beispielsweise Spielsachen erwartete. „Ihr habt doch immer noch genug", meint sie. Manches, das ich später vermißte, ist wohl den Weg der Barmherzigkeit meiner Mutter gegangen. Oft sitzen „Handwerksburschen" (durchreisende arme Handwerker) oder Bettler auf der Treppe oder in der Küche und bekommen auch einen Teller Essen mit. „Wo zehn Leut satt werden, da reicht es auch noch für ein paar mehr", war ihre Devise.
Sie nimmt uns mit zu den Ärmsten der Armen.
Es sieht wirklich schlimm in den alten, finsteren Häusern aus. Üble, stickige Luft nimmt mir den Atem, am liebsten liefe ich weg. Eine trübe Funzel von Petroleumlicht erleuchtet nur schwach die winzig kleine Küche, wo die ganze Familie versammelt ist. Im Bett, wenn man das altersschwache, kaputte Sofa überhaupt Bett nennen kann, liegt mit tief eingesunkenen, hohlen Augen, trockener Husten schüttelt sie, die Großmutter Schwab. „Sie macht et wohl net mie lang. Solle ma dä Kaplon kumme lasse?" flüstert ihre Tochter meiner Mutter zu. „Ja, des wär sicher gut", flüstert Mama zurück. Ich fühle mich sehr beklommen dabei.

Rundherum ums Bett stehen mit ziemlich bedröppelten Gesichtern das Malchen, das Hildchen, die schon größere Rosemarie und das freche Fritzchen, das uns beim Nachlaufspiel immer so gern unsere schönen, weißen Haarschleifen abreißt. Mit den ewig rotznäsigen Mädchen spiele ich da schon lieber, die sind nicht so frech. Mama und Papa legen Wert darauf, daß wir auch mit „denen" spielen. „Es sind alles Kinder Gottes", pflegt Mama zu sagen. Nur von denen, die uns mit ihrem Gedankengut hätten vergiften können, halten sie uns fern, so gut es geht. Dazu gehört die Hitlerjugend.
Spätestens nach diesen „Besuchen" geht mir so allmählich auf, daß wir doch nicht so ganz „arme Leut" sind, wie ich immer meinte.

Ihre Aufzeichnungen verdichten sich immer mehr in der Schilderung von politischen Tagesereignissen.
10. JUNI 1934. *Unsere Zeit! Wie tief schneidet sie in die Familien ein! In die Schule! Am wenigsten spürt Gisela in der Schwesternschule. Aber Bubi ganz gewaltig. Sein neuer Lehrer habe neulich gesagt: Kardinal Faulhaber täte besser auch anderes, als die Geschichte der alten Juden vortragen, die Erzählung von Esau und Jakob und der Judith seien doch schlimmer Betrug gewesen. Statt dessen sollte er reden von den Tugenden der alten Deutschen, das sei besser. Und das sagt man einer unreifen, urteilslosen Jugend. Ein katholischer Lehrer! Arme Jugend!"*

Da liegt auf dem schönen, alten Sekretär, mit den vielen Schubladen und sogar Geheimfächern, die uns Kinder besonders faszinieren, ihr Schreibgerät. Vielleicht hat sie in diesen Fächern während der Hitlerzeit und Nazidiktatur ihre Tagebücher versteckt.

Ich betrachte die verschiedenen Federhalter, zum Teil mit schwarzer Tinte verschmiert, braune, rote und mehrere wunderschön geschnitzte aus Elfenbein, schon vergilbt.
Tintenfässer mit verkrusteten Tintenresten stehen in einer Ecke des Schreibtischs, und ich stelle mir vor, wie meine Tante hier ihre Tagebücher mit den Stahlfedern geschrieben hat. Ich höre das Kratzen der Federn, wobei es mir immer kalt über den Rücken läuft.
Nun beginne ich schon das 4. Buch. Man muß sich oft aufraffen, zu schreiben. Je größer die Familie wurde, desto umfangreicher der Stoff. Und was da aussondern? Längst ist es ja nicht nur Giselas Geschichte geworden, sondern die der Familie, auch überdies, daß kein Mensch einzeln leben kann. Immer nur verwoben und verflochten mit seiner Umwelt.

Alltag und Abenteuer

Unter Datis Bett sehe ich ihren Nachttopf stehen. Wir hatten alle einen, von dem auch ausgiebig Gebrauch gemacht wurde.

Ich amüsiere mich, weil ich daran denken muß, wie ich ihn in einem Anfall von Wut über betrunkene Krawallmacher ausschütte, von hoch oben aus meinem Fenster, die auf der Rundtreppe vor unserm Haus ihren Rausch absitzen. „Et rähnt!" (es regnet) meinen die Betroffenen.

Papas Verwendung für die gesammelten Produkte seiner großen Familie ist nützlicher Art. Er trägt sie morgens nach dem „Einsammeln" in einer „Hotte", wie diese ähnlich bei der Traubenlese benutzt werden, durchs Haus hinunter in den großen Garten hinter dem Schloß. „Dä gesunde Geruch is gut für de Lungen", sagt er immer, wenn wir uns voll Ekel vor unseren eigenen Produkten die Nase zuhalten. Aber unser Obst und Gemüse gedeihen gut.

Sie schreibt das Jahr 1935.

Nun ist die ganze Familie vollzählig. Franziska, nach meiner Mutter benannt, sie nennt sich später selbst „Ika", ist ein fröhliches Pummelchen, das meine Schwester Agnes und mich anfangs sehr beim Spielen stört.

„Huh, huh – dat Ik schmeißt allet um!" gellt es herzzerreißend durchs Haus, wenn wir gerade soo ein schönes Schloß mit dem begehrten Steinbaukasten aufgebaut hatten, das nun in Trümmern liegt. Eigentlich sind die beiden Jungen für den Baukasten privilegiert, aber sie lassen die

kleinen Schwesterchen gnädigerweise auch mal ab und zu damit spielen. Aber bald werden wir drei Jüngsten ein friedliches Dreiergespann. Es gibt allerdings einige Ausnahmen, das sind unsere „Entdeckungsreisen", bei denen wir unser „Pummelchen" nicht gebrauchen können.
Man nennt meine Schwester Agnes und mich „Max und Moritz", verkürzt „die Mokesse", wegen der Streiche, die wir zusammen aushecken. Aber mit den Bosheiten der Wilhelm-Busch-Figuren haben wir doch nichts gemein. So harmlose Freuden wie auf sämtliche Türschellen am Cochemer Kreishaus drücken oder Muschelsuchen am Moselufer, die so schön in allen Farben schillern, enthalten für uns viel Spannung.
Weniger ruhmreich ist es, und ich schäme mich später auch sehr, die Anna Bard, eine geistig etwas verwirrte Frau – sie wohnt in einem kleinen Häuschen an der Klostertreppe beim „Bulles" (Gefängnis) – zu ärgern. „Boade Ann, Boade Ann!" schallt es aus unbarmherzigen Kindermündern, „hol uns doch, hol uns doch!" Es war schrecklich aufregend, wenn sie dann wütend aus ihrem Haus rannte und uns nachlief. Sie zog natürlich den Kürzeren, bei unseren flinken Beinen.

„Komm, ma gehen an de Endert Bach", fordere ich mein Schwesterchen auf. „Dat derfe ma doch net", meint Agnes vernünftig. „Och, dat brauch ja keiner ze wisse!" Wir gehen unserem „unheimlichen" Nervenkitzel nach und laufen zur Mündung des Endertbachs, wo dieser bei der Brücke in die Mosel fließt. Wir folgen dem Lauf des Bachs, der unterirdisch unter dem Endertplatz verläuft, wo er an der Eisenbahnbrücke wieder ins Freie tritt.

Es stinkt bestialisch dort unten, sämtliche Fäkalien und Abwässer der Endertstraßenbewohner laufen da hinein. Es ist glitschig, und Wasserratten rennen an uns vorbei. Wir laufen aber trotz der heimlichen Furcht in uns so weit, bis wir gar nichts mehr sehen können. Wie befreit von einer großen Gefahr, rennen wir ans Tageslicht.
„Wo wart ihr dann, ihr zwei, so lang?“ Unschuldsmienen. Es gibt aber kein Wix (Schläge). Die gibt es eigentlich nie, nur eine Ausnahme macht Papa, als wir Bettas gutes Plumeau mit unseren Kinderscheren aufschneiden und wonnevoll draufschlagen, damit die Federn so schön, wie bei Frau Holle, herumfliegen. Da kenne ich meinen guten, lieben Papa nicht mehr. „Dat ihr dat net nochmal macht“, sagt er beim Klopfen unserer kleinen Hintern. Nie, nie mehr täten wir so was Schlimmes. Die Scheren verschwinden zur Strafe für lange Zeit, bis wir vernünftig werden.
Ein heimliches Grauen überrieselt mich vor dem Unbekannten, vor der geflüsterten, angsterregenden Mahnung: „Nehmt euch in acht, nehmt euch in acht vor dem alten „O“. Er schenkt den Kindern Bonbons und nimmt sie mit, und macht Schlimmes mit ihnen.“ Was tat er, wovor warnten uns die Erwachsenen? Ich muß meinen ganzen Mut zusammennehmen, um meinen täglichen Weg an dem gefürchteten Haus, am Ende unseres Gäßchens, wo die hohe Treppe endet, in panischer Angst vorbeizurennen, als ob der Teufel selber hinter mir her wäre. Was der aber genau macht, erfahre ich nicht, doch es muß irgend etwas Furchtbares sein.
Später weiß ich dann von Schulfreunden, was er mit Kindern macht und daß er ins Gefängnis muß. Dabei hatte er unten einen Stall mit Enten und Hühnern, die ich immer so gerne fütterte. Mein Vertrauen in Menschen ist erschüt

tert, und ein Alptraum bleibt zurück. Nie nehme ich eine noch so begehrenswerte Süßigkeit von jemand an, den ich nicht genau kenne.

„Horch, dä Orjelspiller is do!" wir flitzen freudig die Treppe runter auf die Straße, wo der Hillarius mit seiner alten, wackligen Drehorgel über das Kopfsteinpflaster rumpelt. Wir mögen den kleinen, buckligen Drehorgelspieler von nebenan. Wenn er mit seiner Orgel durch die Straßen zieht und sein „Mariechen saß weinend im Garten" oder „Oh, du lieber Augustin" und andere rührselige Lieder und Moritaten aufspielt, in scheppernden, nicht immer funktionierenden Tönen, was uns durchaus nicht stört, dann rennen wir begeistert hinter ihm her und wollen ihn mit unserem „Monze Hiller, Orjelspiller, spiel uns was!" zum Weiterspielen anfeuern. Der Hillarius, wir finden den Namen sehr lustig, ist ein gutmütiger Mensch und tut uns den Gefallen. Wir werfen ihm einen Groschen in seinen Hut, er muß schließlich eine große Familie ernähren.
Das sind die Freuden unseres Kinderalltags noch nicht getrübt von dem, was sich wie dunkle Gewitterwolken auf uns zu bewegt.
Tagebuchauszug: 22. JULI 1935. *Dieser Tage kam ein Erlaß von Göring, worin deutlich die Bekämpfung des sogenannten politischen Katholizismus genannt wird. Sie wollen weltanschaulich auch herrschen und siegen. Das werden sie nicht über die Kirche, nicht auf die Dauer. Mit Zwang kann man die Körperwelt beherrschen, aber nicht die des Geistes. Oder doch? Ja, die wehrlose Jugend, urteilslose Massen. Die fallen bei Entscheidungen immer um. Man muß die Durchschnittsmenschen kennen.*

Papa, Katzen und Ziegen

Der Vorhang am Fenster bewegt sich leicht zur Seite, und ich gewahre im Garten eine schwarze Katze, die sich anschleicht.

Da, wildes, aufgeregtes Vogelkreischen, unsere Kaninchen klopfen laut vor Angst mit ihren Hinterläufen auf den Stallboden. „Schsch – schsch“, ein Klatsch Wasser fliegt aus dem Elternschlafzimmer in großem Bogen in den Garten hinaus. Ein lauter Fluch von Papa: „Mach das du wegkommst, du Biest!“ Papa haßt die streunenden Katzen, weil sie Singvögel fressen und selbst die Kaninchen nicht verschonen, wenn sie durch ein aufgenagtes Loch in den Stall hineinschlüpfen können. Ich kenne das Spiel, es wiederholt sich wieder und wieder, die Katzen nehmen es nicht so ernst.

Papa ist Prokurist auf der Volksbank – der Moritz-Onkel wollte es so. Er liebt seinen Beruf nicht sonderlich. Als ausgesprochener Romantiker hätte er viel lieber etwas mit Natur gemacht. Zum Trost schaffte er sich Weinberge,

Gärten, Wiesen und ein Stück Wald an, wo er sich nach den anstrengenden Bürostunden erholt, indem er Gärtner, Bauer und Winzer ist. Unsere große Familie profitiert von seinen Ambitionen, und im Krieg können wir uns noch notdürftig davon ernähren, wo Betta doch die oft fast unlösbare Aufgabe hatte, zehn hungrige Mägen zu sättigen. Ihr gebührt ein besonderes Lob.

Mama steht ihm tatkräftig zur Seite, ihr ganzes Leben war das so, ich kann mich an kein böses Wort zwischen ihnen erinnern. Vielleicht haben sie im stillen Kämmerlein ihre Meinungsverschiedenheiten ausgetragen.

„Holt mal Kaninchenfutter, füttert die Kaninchen, geht in den Garten Beeren pflücken", so werden wir allmählich in gewisse Pflichten eingespannt. Manches schmeckt uns nicht, ich hasse Unkrautausreißen im Weinberg. Spaß macht uns das Hirtenleben, wir haben Ziegen. Holterdipolter springen sie freudig aus ihrem Stall die Hoftreppe hinunter, durchs ganze Haus bis unten auf die Straße. Das gibt's wohl nur einmal in Cochem – Ziegen im Hausgarten! Eine herrliche Freiheit, auf der Drei-Kreuzer-Wiese in der Sonne zu liegen und einen von Mamas verbotenen Schmökern zu verschlingen.

Oh Schreck, die übermütigen Zicklein sind weg! Nichts wie hinterher! Wir rasen bergab, ihnen nach und holen sie mit hängender Zunge, ganz unten im Städtchen, wo sie zum Vergnügen der Passanten fröhlich herumspringen, wieder ein. Sie ganz vergnügt und ich mit blutendem Knie vom Hinfallen. Lustig ist das Hirtenleben!

Datis Jugend

Ich setze mich in Datis altem Schreibtischsessel zurecht und recke mich, man wird so steif vom langen Sitzen. Die vielen Bilder an den Wänden ziehen meine Blicke an. In der Mitte überm Bett prangt im verschnörkelten goldenen Rahmen der Hl. Franziskus. Gemalt ist er von dem spanischen Maler Zurbaran im 16. Jahrhundert. Er schaut mit verklärtem Augenaufschlag weit in die Ferne nach oben, irgendwohin, wo vielleicht Gott ist. So können nur Heilige gucken, und ich frage mich, ob er wohl nie gesündigt hat? Jedenfalls glaube ich das, schließlich sagt das der Pastor im Religionsunterricht. Wir dagegen sündigen doch am laufenden Band, der Beichtspiegel, dieses gefürchtete Ding, hat doch so viele Punkte auf seiner Liste stehen: Ich habe ..., ich habe ..., ich habe ... – überall fast, habe ich gesündigt. Wie belastet die Angst vor der Hölle mein Kinderdasein.
Lächelt der Hl. Franziskus gar? Vielleicht ist es doch nicht so schlimm mit dem Sündigen.

Die Großeltern schauen so freundlich aus ihrem runden Rahmen heraus. Mein Großvater war Lokomotivführer – die Vorfahren stammen aus Luxemburg und der Eifel. Deshalb vielleicht unsere Vorliebe für „Züge gucken“? „Dati, komm, geh mit uns Zug gucken!“ Unermüdlich geht unsere gute Tante mit uns kleinen Plagegeistern zum Bahnhof. Und da kommt es aus dem „Tunell“ – die glühenden

Augen wie Pünktchen – immer näher, pfeifend, schnaubend, prustend.
Immer größer werdend, taucht der schwarze Riesenkoloß vor uns auf und bleibt mit einem Ruck stehen. Fauchend und zischend läßt er seinen Dampf ab. Und ich sehe im Geiste Großvater da oben aus dem Fenster schauen. Er sei so stolz auf seine Lokomotive gewesen, erzählt Dati.

Bei der Ahnenforschung macht meine Schwester Gisela eine makabre Entdeckung: Wir hatten einen leibhaftigen Henker in der Familie, den letzten von Trier. Das liegt zwar schon weit zurück, aber wie ist das mit der Vererbung?
Mich gruselte bei der Vorstellung. Aber dann tröstet mich doch der Gedanke, daß Papa noch nicht mal ein Kaninchen schlachten kann, und es gibt auch keinen Metzger in der Familie.

Großmutter Wagner war wohl eine sehr gütige Frau – jedenfalls sprechen meine Tanten von ihr wie von einer Heiligen. Vielleicht hat sie aber, wie alle Sterblichen, doch auch ein paar Schwächen gehabt. Ich habe keine Großeltern erlebt, nur an Mamas Mutter in Frankfurt erinnere ich mich schwach – ich sehe sie nur mit dem Rosenkranz in der Hand im Sessel sitzen. Das war wohl kurz vor ihrem Tod.

Da, aus einem kostbaren goldenen Rahmen blickt streng der Moritz-Onkel, als fragte er mich: „Was machst du denn im Zimmer von meinem lieben Traudchen?“ Daneben, mit verhaltenem Lächeln, die Moritze-Tant, so, als wolle sie sagen: „Er meint es nicht so ernst.“

Die „Tant“, eine Schwester von Datis Mutter, konnte keine Kinder kriegen und war wohl sehr traurig darüber. Ihre Schwester hatte ja immer noch genug zu tun, wenn sie vier Kinder großziehen mußte. Also kam Dati auf Bitten der Tante mit fünf Jahren „an Kindes Statt“ in das vornehme Patrizierhaus in der Ravenestraße. Es war für die Eltern nicht leicht, ihr Kind herzugeben und es von den Geschwistern zu trennen.
Der Onkel, ein reicher Kaufmann, hatte das Haus als Priesterhaus bauen lassen, als Zufluchtsstätte für die verfolgten Priester in der Kulturkampfzeit unter Bismarck. In dem prächtigen Haus befindet sich auch eine Kapelle, in der mit „höchster“, also päpstlicher, Genehmigung die Hl. Messe gelesen werden durfte. Meine Tante wuchs fast nur unter Geistlichkeiten auf, die sie aber wohl sehr mochte.
Die „Tant“ sorgte liebevoll für sie, die ihre Familie vermißte. Sie war eine richtige Märchentante und wurde wegen ihrer Erzählkunst von allen Kindern heiß geliebt.
Der Onkel war Mitbegründer und Direktor der Cochemer Volksbank. An vielen Gründungen wichtiger Anstalten, wie Kloster Ebernach und Konvikt Prüm, war er maßgeblich beteiligt. Er genoß hohes Ansehen und war beliebt wegen seiner Menschlichkeit und Freundlichkeit.
Das „Traudchen“ war sein ein und alles. „Wenn ich mal nicht mehr bin, dann hast du hier Wohnrecht auf Lebenszeit, das verspreche ich dir“, beruhigte er sie, die um ihre Zukunft besorgt war, falls Onkel und Tante nicht mehr da seien. Hätte er sein Versprechen doch bloß schriftlich gemacht!
Und dann starb die „Tant“ – viel zu früh für Onkel und Nichte. Depressionen überfielen den alternden Mann, und

Traudchen umsorgte ihn mit viel Liebe und Geduld, bis er starb.
Vorher hatte er sein Haus an Ordensschwestern vermacht, unter der Bedingung, daß seine Nichte für ihr Leben lang dort Wohnrecht besitze. Die Schwestern versprachen das hoch und heilig. Jetzt konnte er ruhig sterben, auf ein Versprechen aus so frommem Mund war doch wohl felsenfester Verlaß!
Kaum war der Onkel unter der Erde, da setzten die „barmherzigen“ Nonnen das junge Mädchen vor die Tür. Es wäre ja nichts Schriftliches über die Abmachung da, sagten sie.
Was blieb ihr nun? Außer einer vornehmen, frommen Erziehung, zu der auch Haushalt, feine Handarbeit, Literatur und Musik gehörten, hatte sie nichts gelernt. Wovon sollte sie leben? Das schöne Mädchen kam gar nicht auf den Gedanken, daß es außer Priestern, mit denen sie fast ihr ganzes junges Leben in des Onkels Haus verbracht hatte, auch noch andere Männer gab.
Das tief verletzte Mädchen wurde von Eltern und Geschwistern mit offenen Armen aufgenommen. Großvater sagte: „Komm Traudchen, hier ist dein Zuhause.“ Später sagte uns Betta, immer noch erbost über die schlechte Behandlung ihrer Schwester: „Der Onkel tät sich noch heut im Grab umdrehn, wenn er wüßt, wat die mit dem arm Traudchen jemacht hon!“ Auch Papa erregte sich immer wieder über die „barmherzigen Donnerkeilchen.“

Vater und Mutter

Das war nun die Geschichte von Dati. Wir profitieren von ihrem Dasein. Wenn auch Mama mit ihren „feinen" Erziehungsmethoden nicht immer einverstanden ist. Da sie nun auch viel kränkelt, vielleicht durch den erlittenen Schock, muß sie des öfteren ins Sanatorium.

Mama steht fest wie ein sicheres Bollwerk in unserem Leben. So leicht bringt sie nichts aus der Ruhe. Als Leiterin eines Kindergartens in Frankfurt hatte sie schon früh Erfahrungen im Umgang mit Kindern. Nur manchmal, wenn wir es gar zu arg treiben, ertönt es energisch – sie schreit nie: „Wollt ihr wohl aufhöre, ihr Gewitteröser! Denkt doch an die arm, alt Frau Kiefer!" Seit ich denken kann, war es immer die „arm, alt Frau Kiefer", die uns eine kurze Zeit in unserem unbändigen Bewegungsdrang mäßigen konnte.

Frau Kiefer, mit Tochter Traudchen, wohnt im Untergeschoß, als Untermieterin.

Mama scheint sich vor nichts zu fürchten – jedenfalls zeigt sie es nicht vor uns. Sie stellt sich, genau wie Papa, gegen Obrigkeit und die „dreckigen Bonzen", wie er oft verächtlich sagt. Sie lassen sich nicht zu willenlosen Marionetten eines Staates machen, der die bedingungslose Unterwerfung unter *einen* Willen verlangt, den des Diktators. „Von dene lasse wir uns nix sagen, wir gehören net zu dene, die immer nur ja, ja sagen." Diese Einstellung wirkt sich auf unsere Entwicklung aus.

Vehement kämpft Mama für die Erhaltung der Schwesternschule – weil, wie sie sagt, da noch christliches Denken gewährleistet ist. Im Jungengymnasium, wo nun auch die Mädchen hineinkommen sollen, „werden die Kinderköpp mit so viel schlimmem Zeug vollgestopft", wie sie sagt, daß sie uns Mädchen diesem Drill nicht auch noch aussetzen will. Die beiden Jungen dadrin sind ihr gerade genug. Trotzdem kann sie auf die Dauer nicht verhindern, daß ich auf die von ihr so gehaßte Schule muß.

Sie trägt Flugblätter rum, und die geheime Staatspolizei kommt dahinter. „So einer" die gegen das Regime arbeitet, muß das Handwerk gelegt werden. Mama wird öfter verhört – große Aufregung –, was wird mit ihr geschehen? Aber Mama gibt nicht klein bei, und Papa ist stolz auf seine „mutige Siska".

Dati schreibt am 21. Februar 1936: *Heute wurde Bernhard am Gymnasium angemeldet. Der Direktor sprach eine Stunde auf die Mama ein, die Kinder zur Hitlerjugend zu tun, um ihnen die Zukunft nicht ganz zu verbauen. Denn ohne die käme niemand in Deutschland mehr in eine führende Stelle und bliebe ein Mensch 2. Klasse.*

Bernhard ist ein gutmütiges, ein noch ganz unbeschriebenes Blatt. Der ginge auch sofort zur Hitlerjugend. Der Lehrer hat es verstanden, die unreifen Kinder nationalsozialistisch zu prägen.

„Du bist ein Papakind", werde ich von den anderen geneckt, obwohl er alle seine Kinder gleich lieb hat. Aber von ihm fühle ich mich immer verstanden, behutsam lenkt er meine Versessenheit aufs Malen – „Maleritis" nennen sie es – und ist stolz auf seine kleine Tochter, die so früh schon eine Begabung zeigt, die ich wohl von ihm geerbt habe. Gekränkt und unverstanden, besonders von meinen Brüdern, die mich gerne ärgern, verstecke ich mich in einem Winkel des großen Hauses.

Unsere sonntäglichen Ausflüge und Wanderungen in die herrliche Umgebung, zur Winneburg und zur Lescher Linde, zum „Schmandebrotessen" (Rahm) auf den Valwiger

Berg bei Kasters, unser besonderes Vergnügen, oder durch das wildromantische Endertal nach Maria Martental, werden von Papas schmetterndem, aber wohlklingendem Gesang prächtig untermalt.
Sein Lieblingslied „Wer hat dich du schöner Wald ...“ hören wir besonders gern.
Es sind strahlende, sonnige Kindertage! Die schwarzen Wolken am Horizont beunruhigen mich noch nicht.

Schlimme Erfahrungen

Vom Fenster her weht plötzlich ein kalter Windstoß ins Zimmer und ich friere. Schnell schließe ich das Fenster. Dunkle Wolken ballen sich wie eine Riesenkrake zusammen. Ich wickle mich fest in eine von Dati einmal vor vielen, vielen Jahren gehäkelte Wolldecke ein.

1936 bin ich sechs Jahre alt und soll in die Schule kommen. Doktor Seidenberg, unser langjähriger Hausarzt, wiegt bedenklich seinen großen runden Kopf mit der dikken Knollennase und dem breiten Mund: „Dat Kind is vill zo dünn un spriezich, su künnt ihr dat noch nit in de Schull dunn." Seine gütigen, verschmitzten Augen mit den vielen Lachfältchen schauen mich über die Brillengläser prüfend an. Wir finden es lustig, wenn er in seinem Kölner Dialekt mit uns redet, und er erinnert uns an eine Figur aus dem Kölner Hänneschentheater. Wir haben ihn gern und lassen uns von ihm ohne Geschrei untersuchen. Oft sitzt er bei Papa im kleinen Zimmer – wir nennen es Radiozimmer, weil dort Papas erstes, selbstgebasteltes Radio steht – und trinkt genüßlich ein Gläschen Wein, dabei raucht er stets eine dicke Zigarre, die das ganze Zimmer vernebelt. Ich schnuppere den schweren Tabakduft begehrlich ein.

Die beiden politisieren mal wieder, meine kleinen Ohren schnappen Bruchstücke ihres Gesprächs auf: „Wat meinen se, wat met uns passeet, wenn dä Kääl, dä Hitler ens alles han well, dann jit et Kreech!" Papa kriegt vor Wut einen hochroten Kopf. „Dä Vabrecher, dä dreckije herjelaafene Maler aus Österreich, dä müßt ma abschaffe!!"

Viel verstehe ich nicht davon, worüber die zwei sich so ereifern. Mama sagt beschwichtigend: „Josef, red doch net so laut vor de Kinner!"
Ich höre nur Krieg – Verbrecher!
Am 15. März 1936 schreibt meine Tante: *Krieg Krieg! Was sollte man nicht alles tun, um den zu verhüten, denn er ist kein Mittel, um das Recht zu klären, nur brutale Überlegenheit. Aber das ist Frauenart und Ansicht! Wie verächtlich einem echten Nazi! Deshalb dulden sie auch keine Frau in der Regierung! In der Familie überlegt die Frau* mit. *Das Beste kommt aus dem Zusammenarbeiten von Mann und Frau.*

Meine große Schwester Gisela und ich werden von Mama in ein Kinderheim nach Kreuznach gebracht. Dort sollen wir für die Schule mit gutem Essen und Solbädern, zur Kräftigung meiner dünnen Beinchen, aufgepäppelt werden. Gisela und mich trennen sie, ich gehöre ja, wie immer, noch zu den Kleinen.
Ich fühle mich verloren bei den vielen fremden Kindern, später freunde ich mich mit einem kleinen, ängstlichen Jungen an, der genauso viel Heimweh hat wie ich.
„Vorsicht, da kommt der Plattfußindianer!" tuscheln die Kinder. Watschelnd, mit breit auseinander gestellten Füßen, fast wie eine Ente, kommt eine dicke, übermächtige, nicht sehr freundlich aussehende Frauenperson ins Zimmer. Am Hinterkopf sitzen die straff zusammen gekämmten Haare fest in einem schwarzen Knoten. Fräulein Schiffer, so heißt die Frau, die uns betreut – ich kann nicht recht begreifen, was sie mit Indianern zu tun haben soll – sieht uns streng an. „Daß ihr mir nur ja immer eure Teller leer eßt, ihr sollt doch mit dicken Backen wieder nach Hause kommen." Dicke Backen – wie oft habe ich das auch

daheim hören müssen, wenn wir in Gevenich oder Illerich zur „Erholung“ waren.
Berge von Gemüse werden auf unsere Teller gehäuft, jeden Mittag sitze ich mit Schaudern vor meinem Teller, unter den scharfen Adlerblicken unserer Überwacherin.
Beim Spinat rebelliert mein Magen derart, daß ich das Zeug prompt hinausbefördern muß. Mit vor Zorn über meine „Entgleisung“ hochrotem Kopf schleift mich die zur Furie gewordene Frau hinaus.
„Willst du dummes Ding wohl dein Gemüse essen, das hast du absichtlich gemacht!“ kreischt sie und verprügelt mich mit einem dafür schon bereitgelegten Stock – wie viele Kinder haben den wohl bereits zu spüren bekommen? Sie schlägt und schlägt, da wo es am wehsten tut, auf meine kleinen, dünnen Finger, sie schlägt mir auf die Fingernägel, bis sie später ganz blau sind. Ich liege wimmernd vor Schmerz und Demütigung vor der massigen Person auf den Knien, flehe, daß sie aufhören solle, mich zu schlagen. Hilflos bin ich ihr ausgeliefert, und ich verstehe die Welt nicht mehr. Ich will heim, heim, wo mir niemand etwas Böses tut!
Der Teufelskreis wiederholt sich immer wieder – Essenmüssen – Erbrechen – Prügel!
Heimweh – holt mich hier doch raus, schreit es in mir. Dann schreibt Gisela einen Hilferuf nach Hause. Die ahnen dort nichts von meiner Verzweiflung. Auf schnellstem Weg kommen Mama und Papa und holen ihr armes kleines Mädchen ab, das mit dicken Backen heimkehren sollte und nun noch dünner ist als vorher. Ich fühle mich befreit und weine vor Glück.
Energisch verlangen sie die Entlassung dieses weiblichen „Drachens“ von der Oberin, was dann auch geschieht.

Ich habe Keuchhusten, und Mama fährt mit mir zur Isolierung nach Frankfurt zu ihrer kinderlosen Schwester, wo wir bis zu meiner Genesung bleiben.
Aber nun steht wie ein drohendes Ungeheuer der Schuleintritt vor mir, dem ich nicht mehr entrinnen kann. Durch meine Krankheit komme ich etwas später ins erste Schuljahr zu meinen Altersschulkameraden.

Die Schule – Spielkameraden

Jeden Morgen dasselbe Geheule: „Ich will net in de Schull!" Betta erbarmt sich meiner und klettert mit mir die vielen steilen Klostertreppenstufen hinauf, wo ganz oben auf dem Berg neben der Kapuzinerkirche das alte Schulgebäude steht. Ich, immer noch heulend, „ich will net", lasse mich von Betta widerstrebend durch den alten Kreuzgang auf den Schulhof zerren. „Hör, dat Schullglöckchen hot aufjehört ze läude, et wird Zeit – dou brouchst vor den goode Lehrer Gödert doch kan Angst ze hon," tröstet mich Betta. Sie schiebt mich zum Hildegardchen, „dat kennste doch gut". Und zum Mariannchen, das genauso Rotz und Wasser heult wie ich.

Irgendwann muß ich alleine gehen, Mama besteht darauf. „Sonst wird des Kind ja nie selbständig", sagt sie energisch. Im ersten Schuljahr geht alles gut, und ich freue mich sogar, zum „guten Herrn Lehrer" in die Schule zu gehen.

Mit quecksilbriger Beweglichkeit renne ich mit Otti und Hannelore, die neben uns wohnt und deren Vater Schuhmacher ist und der immer unsere vielen Schuhe flickt, durch die Hintereingänge der alten Häuser im Schulgäßchen und spielen Verstecken. Nicht immer mit dem Einverständnis der Bewohner.

„Macht, dat ihr hier wegkummt, ihr Lappesse", schallt es aus einem dunklen Winkel, und dann prickelt es so schön schaurig bis in die Fußspitzen, wenn ich, mit großen Sprüngen nochmal soeben einem „Bösewicht" entkommen bin.

Spannend wird es, wenn wir uns nach Schulschluß auf Umwegen durch „Himmel, Hölle und Fegefeuer“ auf unseren Heimweg begeben. Irgendwann sind die drei Bogennischen, die sich auf der Rückseite der Kapuzinerkirche befinden, einmal so benannt worden. Wenn ich die mit dichtem Gestrüpp bewachsene „Hölle“ durchlaufe, erfaßt mich jedesmal ein leiser Schauder. Grinst mich da aus dem Gebüsch nicht eine Fratze an? Vielleicht gar der Teufel? Ich fürchte mich schrecklich vor ihm. Nichts wie weg von dem unheimlichen Ort, noch schnell durchs Fegefeuer, das mir auch nicht gerade sehr vertrauenerweckend ist, und heim in die warme Geborgenheit meiner großen Familie.
Da geht es mit Hildegard, Liesel und Marietta, der Tochter unseres Zahnarztes, doch manierlicher zu. Hildegards Mutter führt ein Bekleidungsgeschäft. Die gütige, vornehme Frau wird wegen ihrer politischen Einstellung ebenfalls öfter von der Gestapo vernommen.
Ich glaube, daß sie viel feiner sind als ich, und bin ganz stolz, daß sie mich um unser Gärtchen mit den vielen Kaninchen und das zugewachsene „Dornröschengartenhäuschen“ mit dem herrlichen großen Puppenhaus, von Dati gemacht, und als Prunkstück das große Holzschaukelpferd beneiden.
Noch ist unsere kleine Welt glücklich und unbeschwert.

Im zweiten Schuljahr geht für mich das Elend wieder los. Wir bekommen einen anderen Lehrer und der „haut“ beim geringsten Versagen. Reihenweise stehen wir wie arme Sünder vor der ersten Bank und müssen unsere Hände für die angeblich „verdienten“ Stockschläge hinhalten. „Wie, ihr habt euer Gedicht nicht gelernt?“ donnert er und läßt den Gegenstand unserer Angst auf unsere Hände runter-

sausen. Gewitzte passen diesen Moment gut ab und ziehen blitzschnell ihre Finger zurück. Aber manchmal wirkt sich diese „Erziehungsmethode – noch unangenehmer – auch noch angstauslösend auf manches arme Kinderbläschen aus. Außer Tränen fließen zugleich andere Bächlein.
Manche späteren Lehrer handelten nach dem gleichen Prinzip. Wir stehen stramm, sitzen gerade – Befehle vorne – Befehle hinten. „Wagner, steh auf!" wird gebrüllt, so laut gebrüllt, daß mir das Schlottern nicht mehr aus den Gliedern geht.
Es wird fast nur noch gebrüllt, mit ein paar rühmlichen Ausnahmen. Beim Turnen, beim Appell auf dem Schulhof, wenn wir an Hitlers Geburtstag mit erhobenen Armen, die wir heimlich abstützen, uns eine bombastische, dramatisch bis durch alle Tonarten hysterisch gesteigerte Rede des Kreisleiters oder einer anderen Nazigröße anhören müssen. Beim Deutschlandlied und die „Fahne hoch" wieder Arme hoch, ich verhunze den Text, hört doch keiner im lauten Gegröle der Massen ... marschiert die Geiß, (h. im Geist) was verstehen die von Geist ... in unseren Reihen mit. – Es passiert etwas, das meine Eltern vollends in Rage bringt – die Schulleitung schickt stolz einen Aufsatz von mir – einem „deutschen Mädel" dem Führer zum Geburtstag nach Berlin. Was mag ich da wohl so Tolles geschrieben haben? Sicher nur nachgeplappertes Zeug – vielleicht Hitlers Lebenslauf, den wir von vorne bis hinten auswendig lernen müssen. „Schon früh war ich der Rädelsführer meiner Kameraden ..." Das sitzt mir noch heute im Gedächtnis.
„Un des muß uns passiern!" stöhnt Mama, „ausgerechnet von dir ei Aufsatz an *den*." Das „den" kommt sehr verächtlich aus Mamas Mund. Papa ist drastischer: „Dä rodderschellije (heißt soviel wie verrottet) Lump!"

Er wird selten wütend, aber als mein Bruder Franz, der am liebsten Schlager und „Chees“ (Jazz) spielt, einmal so aus „Jux“ das Deutschlandlied auf dem Klavier hämmert, da reißt er in größtem Zorn die Tür auf, rast durchs Wohnzimmer und haut ihm den Klavierdeckel auf die Finger: „Unnersteh dich, dat noch einmal ze spielen, in unserm Haus net!“ das „unserm“ betont er nachdrücklich.
Die ganze Schulzeit behalte ich einen dumpfen Druck im Magen, diese Schwere der ständig unterdrückten Angst. Als die Bombenangriffe zunehmen, bin ich froh, daß die ungeliebte Schule geschlossen werden muß.

Himmlers Besuch

„Der Himmler kommt nach Cochem!“ Große Aufregung der Parteibonzen. Der „Reichsführer der Waffen-SS“, der furchtbarste Vollstrecker von Hitlers Befehlen, besucht die Reichsburg Cochem, die er sich für eigene Zwecke annektiert hat. Alle Schulen müssen Spalier stehen, Papa will nicht, daß wir mit dabei sind. „Zo dem Bluthund geht ihr mir net!“
Unter einem Bluthund stelle ich mir ein alles zerfleischendes Ungeheuer vor, so eine Riesendogge, wie die vom Herrn von Lauff, die uns mal den Sonntagsbraten aus dem Rumpelzimmer stahl und damit abhaute.
Trotz Papas Protest müssen wir mit dabei sein. Großaufmarsch von BDM, Hitlerjugend, der SA und SS und allem, was noch so aus dieser Richtung aufzutreiben war. Imposantes Fahnengeschwenke – viel Pomp und aufreizendes Getrommle.
Wir stehen stramm – mit erhobenen Armen –, brüllen, müssen brüllen, ich brülle nicht mit – denke an Papas Wort „der Bluthund“. „Sieg Heil, Sieg Heil“ – tosende Begeisterungsstürme! Und da kommt er – der Bluthund, Reichsführer der SS –, unscheinbar, in schwarzer Uniform, mit gewichtigem Stiefeltritt geht er durch unsere Reihen. Mit stechenden Blicken mustert er uns kalt durch die Brille mit den dünnen Gläsern. Er ist wohl ziemlich kurzsichtig! Ich finde ihn abstoßend, nicht nur wegen Papas Äußerung. Wie kann man dem nur so begeistert zujubeln?

Im Gymnasium geht das Theater weiter. Zur Begrüßung der Lehrer strammstehen und „Heil Hitler, Herr Lehrer" rufen. Unser Direktor versteift sich sogar zu der gotteslästerlichen Begrüßung, die rechte Hand scharf im Winkel nach hinten gebogen, genau wie „der Führer", „unser Führer ist unser Gott!" Ich weiß nicht, ob wir lachen, vielleicht einige, die daheim noch „normale" Eltern haben.
Zu Hause große Bestürzung über diese Behauptung. Unter dem Begriff „Gott" haben wir eine total andere Vorstellung. Papas Kommentar dazu: „Un so wat läßt man off de Kenner los, jetzt wisse ma, wo mir met de Nazis dran sinn." Er versteift sich nun noch mehr darauf, uns möglichst von der Hitlerjugend fernzuhalten.

Papas Verhaftung

Ich fühle mich irgendwie unbehaglich, weiß nicht recht, warum. Datis Berichte bedrängen, bedrücken mich – es steigen Erinnerungen auf, die ich längst vergessen glaubte.
Ich gehe ans Fenster und sehe wieder das klotzige, düstere Gymnasium über mir thronen. Etwas drängt sich in mir hervor und es fällt mir wieder ein – dieser schlimme Tag, als sie Papa abholten.
Die Schule ist aus. Hungrig sitzen wir am großen runden Tisch, der aber bei der Anzahl der Familienmitglieder stets ausgezogen werden muß. Wir essen meist im Wohnzimmer, die Küche wäre zu klein für alle, nur an den Tagen vor Weihnachten, wenn das Weihnachtszimmer versperrt ist , quetschen wir uns dort gerne hinein wie „geduldige Schafe im Schafstall". Aber das sind Ausnahmesituationen.
Was gibt es denn heute zu essen? Lungenhaschee mit Kartoffeln und Salat, es muß etwas Ergiebiges für die vielen Esser sein, damit es auch reicht. Erst das Tischgebet „Aller Augen warten auf dich ..." Das wird nie vergessen. Papa sagt: „Wenn wir unsern Herrgott vergessen, sind wir das gute Essen nicht wert."
Da schellt es an der Korridortüre – wer stört denn gerade jetzt beim Mittagessen? Mama geht und öffnet – laute, schneidende Stimmen im Flur: „Heil Hitler, wo ist ihr Mann? Er muß mitkommen – Geheime Staatspolizei!" Mama erregt: „Was wolle se denn von ihm?" Wieder die scharfe Kommandostimme: „Er hat sofort mitzukommen!"

Lähmendes Entsetzen in der Runde. Angst kriecht in mir hoch – was geschieht mit meinem geliebten Papa? Was tun sie ihm?
Verstört und heulend sehe ich ihm vom Wohnzimmerfenster aus nach, wie er von zwei Männern in Ledermänteln durch die Herrenstraße geführt wird.
Papa dreht sich noch einmal um, dann geht er mit erhobenem Kopf – so aufrecht wie immer – mit.
Ich komme mir schrecklich verlassen vor. Zum erstenmal weint Mama in unserer Gegenwart.
Später erzählt sie mir, daß Papa nach Koblenz in Gestapohaft gebracht worden war. Ein Nachbar hat ihn denunziert – der war für seinen Fanatismus bekannt. Als Kind hätte ich das nie von ihm gedacht, weil er immer *so* freundlich zu uns war. Wie konnte ich wissen, daß so viele Menschen mit freundlichen Gesichtern herumliefen, die sich aber sehr schnell als häßliche, böse Fratzen entlarvten.
Papa hat mir mal erzählt, wie sie ihn einmal in Beilstein in die Mosel schmeißen wollten: „Ersäuf, du dreckiger Saujud!" Sie haben ihn wohl wegen seines Aussehens – schwarze Haare und ein „Schnorres", der mich beim Gutenachtkuß immer kratzt, dunkle, gütige Augen und eine kräftig gebogene Nase – für einen der von ihnen so gehaßten Juden gehalten.
Ich liebe meinen schönen Papa sehr und bin stolz auf ihn.
Eines Tages – ich weiß nicht, wie lange er weg war – kommt er zurück.
Es wird wieder hell in meinem Leben.
Man braucht ihn dringend auf der Volksbank – auch die muß ja für das „Großdeutsche Reich" arbeiten. Der Bürgermeister, ein „gemäßigter" Nazi, (wer weiß, was man

drunter verstehen soll,) erreicht bei der Gestapo seine Entlassung.
Aber so ist Papa. Er denkt nicht daran, sich anzupassen. „Die kriejen mich net klein," sagt er zu Mama. Die ist froh, ihren „Josef" wieder zu haben. Doch seine Augen strahlen nicht mehr so wie sonst.

Tagebuchauszug v. 11.03.1938:
Österreich ist nationalsozialistisch geworden.
Eine ganz furchtbare Verwirrung aller Begriffe herrscht. Alle Reden, auch die der Gebildeten, sind nicht bis zum Letzten logisch bedacht. Aber sie betören durch ihre Phrasen. Das „Volk" denkt ja nicht, brüllt nur Beifall, bestellt oder hypnotisiert, und die Guten sind wehrlos gemacht, dürfen sich nicht mal verteidigen. Vielleicht wird auch Österreich erwachen und erkennen, daß es den Ruhm als deutscher Kulturträger schon lange innerlich verloren hat. Denn jedes Land bekommt sein Schicksal, das es verdient hat – im Geistigen.

Der heilige Christophorus

Was kann ich denn noch alles in den vielen, kleinen Schubladen des Schreibtischs entdecken? Einige Schubladen klemmen, sie sind seit Jahren nicht mehr aufgemacht worden und wollen sich einfach nicht öffnen lassen.
Wahllos ziehe ich irgendeine auf – da, vier kleine, goldene Mosaiksteinchen!
Ich nehme sie in die Hand – wie sie glänzen und schimmern!
Es liegt viele, viele Jahre zurück: aufgeregt, sich gegenseitig fast umrempelnd – es ist schon Krieg – stürzen meine kleineren Schwestern die Treppen rauf, kreischend vor Entsetzen: „Se hauen dä heilije Christophorus von de Burch (Burg) ab!" Betta schreit: „Um Goddeswille!"
Wie ein Lauffeuer geht die Schreckensnachricht durch ganz Cochem.
Nichts wie hin! Mein Bruder Bernhard ist schneller, als wir drei Mädchen. Die steile Schloßstraße bis zur Burg hinauf, nicht so einfach im gehetzten Laufschritt.
Da liegt sie vor uns – schön und feierlich mit ihren vielen Türmen, Dächern und Zinnen, sehr stolz. Heimlich wird gemunkelt, daß da oben politische Gefangene eingesperrt sind. Schaudernd male ich mir aus, daß in so einem dunklen, tiefen Verlies, wie früher auf der Winneburg im Enderttal, die Gefangenen schmachten müssen.
Das Prunkstück der Burg ist ein riesengroßes, wunderschön buntes Mosaikbild des heiligen Christophorus. Es prangt auf der Vorderseite des Hauptturms. Der italieni-

sche Künstler Antonio Salviati hat es für 20.000 Goldmark 1877 dem Wiedererbauer der Burg, dem Geh. Kommerzienrat Ravenée aus Berlin, in Murano angefertigt.

Wenn wir auf der Strecke im Zug von Klotten nach Cochem, genau in der großen Kurve, aus dem Fenster schauen, sehen wir das prächtige, in allen Farben auf kostbarem Goldgrund schimmernde Bild weithin leuchten. Wer aus der Fremde in die Heimat zurückkehrt, dem wird warm ums Herz!
Da ist Christophorus – der Christusträger! Möge er den Cochemern nie seinen Schutz entziehen. Aus Angst, von Naziaufpassern erwischt zu werden, drücken wir uns in eine Mauernische und starren auf die Männer, die da oben ihr schreckliches Tun ausführen. Sind es Cochemer?
Auf hohen Gerüsten, in schwindelnder Höhe herumkletternd, hauen sie brutal Steinchen für Steinchen vom Bildnis des Hl. Christophorus von der Turmmauer ab, bis nichts mehr von ihm zu sehen ist. Als das Kind – Gott – von seinen Schultern verschwindet, heulen wir drei. „Die Deckssaukerle, die dreckije!" fluchen wir ohnmächtig. Der Turm kommt mir nun wie gesichtslos vor, man hat ihm seinen schönsten Schmuck geraubt, und die tiefeingekerbten Spuren der Meißel sehen wie klaffende Wunden aus.
Zu Hause große Trauer. Bernhard hat heimlich ein paar Steinchen ergattert. Ob die anderen in alle Winde zerstreut sind? Jedenfalls die hier hat Dati aufbewahrt. Cochems geliebter Schutzheiliger ist verschwunden – zerstört von blindwütigen Frevlern, erfüllt mit ihrem Haß auf jedes christliche Symbol. Aber aus den Herzen der Menschen können dich die Barbaren nicht vertreiben – Hl. Christophorus!"

Intermezzo – Erinnerungen

Wie aus weiter Ferne höre ich unten im Haus eins der Kinder Klavier spielen – es ist noch das gleiche, auf dem ich meine ersten Klavierübungen machte, als ich bei Frau Fridrich, wie alle meine Geschwister, Klavierspielen lerne. Zumindest will sie es mir beibringen auf ihre Art – noch alte Schule, versteht sich.

Die liebe, kleine Frau mit den roten Apfelbäckchen hat den seltsamen Ehrgeiz, mir mit einem Groschen, der unbeweglich während des Klavierspielens auf meiner Hand liegen bleiben muß – er darf auf keinen Fall runterfallen –, das „richtige" Spielen beizubringen.

Trällernd, die Melodie mitsummend, sitzt sie neben mir, während ich krampfhaft bemüht bin, das Geldstück bei „Lang, lang ist's her" oder „Großmütterchen – sitzt allein" oben zu behalten. Es ist für mich mehr ein artistischer Balanceakt als richtiges Klavierspielen.

Das Ergebnis ist danach – ich spiele stümperhaft viel zu schwere Klavierstücke, wie die Polonaise von Chopin oder den Minutenwalzer, der bei mir länger als zehn Minuten dauert.

Am Wochenende kommt der Onkel Franz aus Bonn, ein Bruder von unserm Papa und den Tanten, der sehr streng ist, wenn es um mein Klavierspiel geht. Er ist unser „berühmter" Onkel, ein Komponist – „Komomist" sagt meine kleinste Schwester – und Kirchenmusiker.

„Rialein, zeig, doch dem Onkel Franz mal, was du gelernt hast", sagt Dati, die ihren Bruder sehr bewundert. Wenn

ich mich doch jetzt bloß unsichtbar machen könnte wie in den Märchen oder in einem Mauseloch verschwinden. Aber es nützt nichts. Ich komme mir wie ein Opferlamm vor, das zur Schlachtbank geführt wird, ich heule – und spiele dementsprechend schlecht. Aber so streng ist der Onkel Franz nun doch nicht, er hat unter einer rauhen Schale ein weiches Herz. Er zeigt mir ganz freundlich , wie ich es besser machen kann.
Und wenn er dann selbst am Klavier sitzt und uns etwas vorspielt, da bin ich wieder versöhnt und möchte später auch mal so gut spielen können. Spät heiratet er noch, seine Frau ist Sängerin, die Tante Fränzi, die wir „Pieps“ nennen, weil sie so schön hoch singen und mit ihrer Stimme für uns so erstaunlich schnell wackeln kann.
Er gründet ein Familienchörchen mit uns, dem nur Mama nicht angehört, weil, wie sie sagt, „ich den Ton doch net halte kann“.
Der Onkel Franz ist schon lange tot, nur seine Musik, die ab und zu aufgeführt wird, lebt noch. Die Tante, weit über 90 Jahre alt, ist in einem Altersheim und hat die Erinnerung verloren an all das, was sie mit ihrem Mann und uns zusammen erlebt hat.

Der gute Geist

Liebevoll streiche ich über die alte Handnähmaschine mit der schönen Blumenmustereinlage aus Perlmutt. Ich drehe am Rad und überlege, wieviel „Armleutenäherei" hat Dati wohl darauf genäht, abgesehen von den Kleidern, die sie uns vier Mädchen angefertigt hat.

Manchmal sagt sie erschöpft, wenn wir mal wieder „Dati, erzähl uns was!" betteln: „Ihr Unruhegeister, setzt euch aufs Sofa und guckt euch Bilderbücher an, ich muß erst noch das Kleid für die alte Frau Schwab fertigmachen, die muß sonst frieren." Das sehen wir ein. Eng aneinandergedrückt sitzen wir drei Kleinen auf dem schmalen Sofa neben dem grünen Kachelofen mit Blumendekor und schauen uns bewundernd die in alte Zeichenhefte aus Papier aufgeklebte, naturgetreue Zimmereinrichtung von Kaiser Wilhelm und seiner Familie an.

„Och, die hon sogar de Schull im Hous," stellt Icka, meine jüngste Schwester, neidisch fest, „dat wär schün, wenn wir dat och hädde."

„Guck, do stieht de Kaiser met de Bein in de Badewann – su wat! Kann dä dann net sitze?"

Prächtige Zimmer, sogar ein Rittersaal und ein Spiegelsaal, sind zu sehen. Außer dem „Servierzimmer" und dem Wohnzimmer gibt es noch ein „gutes Zimmer" und sogar ein „Mittagszimmer" – also, davon haben wir nun wirklich noch nie etwas gehört. Bei uns wird nämlich Mittags immer im Wohnzimmer gegessen.

Zwei wunderschöne Prinzessinnen in Spitzenkleidern, „Paula und Rosa“ steht in zierlicher Schrift oben auf der Seite des Hefts, stecken mit ihren zarten Beinchen steif hinter zwei Stühlen – Prinzessinnen dürfen sich wohl nicht richtig bewegen.
An der Wand des sogenannten „Kinderzimmers“ der Prinzessinnen hängt ein auf Stramin mit feiner Stickerei geschriebener Spruch:

Wo Glaube, da Liebe.
Wo Liebe, da Fried.
Wo Frieden, da Segen.
Wo Segen, da Gott,
Wo Gott, keine Not.

„Su en schüne Spruch!“ sagt Agneschen nachdenklich.
Nein es gibt nichts an Pracht, die es hier nicht gibt! – aber alles aus Papier.
Ich seufze sehnsüchtig: „Ech wär su järn en Prinzessin, Dati!“ „Sei froh, dat du kein bist, dat wärste bald leid,“ ist ihr Kommentar hierzu. Damit ist das Prinzessinnenthema schnell erledigt.
Die Zeichenhefte mit den Kaiserzimmern habe ich noch heute, sie sind jetzt genau hundert Jahre alt.

Die schöne Bella

Es knackt im alten Kleiderschrank, der auf dem winzigen Flur zwischen Speicher und Datis Zimmer steht. Altes Holz tut das häufig, aber trotzdem rieselt mir ein leichter Schauer über den Rücken.

Ich gehe hinaus, da steht er noch wie früher – breit und gewichtig, aus dunklem Holz, an die Wand gedrückt, der Flur ist fast zu eng für das mächtige Möbelstück. Als ich die Tür öffne, quietscht sie immer noch so jämmerlich – auch das gehörte zu unserer höchst angespannten Erwartung damals, als ...

Drängelnd ziehen wir Dati am Kleid hinaus auf den Flur zum Schrank; er verbirgt in sich für uns unendliche Geheimnisse, vor allem „die schöne Bella".

„Dati, Dati, zeig uns die schöne Bella!" Unzählige Male das gleiche: „Zeig uns die Bella, bitte, bitte!" Ich glaube fest, daß die Bella alles hören kann, genau wie die Puppe „Wunderhold" in dem schönen Buch, das ich immer wieder mit Begeisterung lese.

„Nicht so stürmisch, ihr kleinen Trabanten. Die muß man ganz vorsichtig anfassen". Dati öffnet die ächzende Schranktür – jetzt! – behutsam hebt sie die Puppe aus ihrem dunklen Schlafwinkel. Und jedesmal wieder unser staunendes „aaah!" Da kommen unsere zerspielten, abgeküßten und bis auf die Pappmachéschicht immer wieder heftig gewaschenen Puppen und die Schildkrötpuppen aus Zelluloid nicht mehr mit. Bella ist trotz ihres hohen Alters immer noch strahlend schön. Mit ihren großen, dunklen

Puppenaugen sieht sie uns an, wie erwartungsvoll fragend: „Spielt denn keiner mehr mit mir?“ Das zarte, weiße Gesichtchen aus Porzellan ist umrahmt von langen, weichen, braunen Locken, die ihren Seidenglanz in all den vielen Jahren hier im Schrank behalten haben. Dati ist sicher sehr schonend mit ihrer Puppe umgegangen, nicht so heftig liebevoll, wie wir unsere Puppenkinder behandeln.
Das prächtige Kleid aus altrosafarbener Atlasseide, besetzt mit cremefarbenen Spitzenrüschen, erregt immer wieder aufs neue unsere Bewunderung. Darunter blitzen vorwitzig weiße Spitzenhöschen hervor. Die schwarzen Stiefelchen aus Lackleder beginnen brüchig zu werden, das einzige Merkmal des Zerfalls.
„Dati, jew uns doch mol die Bella zom Spille – bitte, bitte, mir passe och good off,“ betteln wir, aber in diesem Punkt bleibt Dati unnachgiebig, ihre Puppe hat nun so lange gehalten. „Nein, nein, die ist nur zum Angucken da, sonst geht se zum Schluß noch kaputt.“
Ich bin traurig, wenn Dati sie dann vorsichtig – nachdem sie ihr noch das bleiche Puppengesichtchen gestrichen hat – wieder in den düsteren Schrank zurück setzt.
Später beim Ausräumen des Schranks nach dem Tod unserer Tante zerbricht die schöne Bella. Gut, daß Dati das nicht mehr erlebt hat. – „Nichts hält ewich,“ sagt Mama.
Ich finde nun nichts mehr im Schrank außer ein paar aufgestapelten Kartons.

Flöhe, Läuse und Krätze

Beim Blättern stoße ich auf das Jahr 1938.
Da fallen mir zwei Namen ein, „Frida und Trude" aus Österreich.
„Heut komme zwei Kinner zu uns, die sin ganz arm, un ihr müßt awer ganz nett zu ihne sei", schärft Mama uns ein.
Ach ja, „Heim ins Reich", Hitler hat sich sein Heimatland mit Gewalt einverleibt. Schuschnigg, der Ministerpräsident von Österreich, ist „abgedankt" worden. Endlich „Großdeutschland", jubeln viele, aber nicht alle.
Erwartungsvoll laufen wir mit Mama zum Bahnhof, wo auf dem „Perron" (Bahnsteig) schon großes Gedränge herrscht. Viele Frauen aus Cochem und den umliegenden Dörfern wollen ihre Schutzbefohlenen abholen. Sechs Wochen lang sollen nun die Ärmsten der Armen in Deutschland aufgepäppelt werden. Dabei gibt es hier genügend arme Leute. Bei Mama spielt aber nur das Mitgefühlt eine Rolle, nicht der politische Schachzug, der hinter dieser Aktion steckt.
„Die zwei krieche ma auch noch satt", meint sie. Wir sind es gewöhnt, daß unser Haus in den großen Ferien überfüllt ist mit unseren fünf Cousinen und Cousins aus Frankfurt. Der Speicher ist da ein idealer Schlafplatz für die „Großen".
Da, der Zug läuft am Bahnhof ein, er spuckt Massen von Mädchen und Jungen aus, die außer einem Rucksack und einem schäbigen Koffer nichts mitbringen. Schüchtern und ängstlich stehen sie da. Es ist für viele bestimmt die erste Bahnfahrt. Mit einem zackigen „Heil Hitler" und dem bei

solchen Gelegenheiten schwülstigen Gerede werden sie vom Kreisleiter begrüßt, und die Verteilung der Kinder beginnt. Da sind unsere beiden. Mama nimmt sie liebevoll in den Arm. „Na, da kommt mal mit, es wird euch bei uns sicher gefalle!“ Dünn und blaß, die Frida heult immer nur, sie hat wohl arges Heimweh, was ich gut verstehen kann, laufen sie neben uns her an der Mosel entlang.
Die Trude ist couragierter. Als sie die Burg Cochem, hoch oben stolz auf dem Berg prangend, erblickt, stößt sie einen Begeisterungsschrei aus: „Guck, Frrida, so en scheenes Schloß!“ Sie rollt das „r“ genau wie der von ihnen so „geliebte Führer.“ Aber die Frida schluchzt nur vor sich hin.
Wir werden in unseren kleinen Zimmern mit den beiden Mädchen zusammengepfercht, und damit beginnt unser Leiden. Die beiden haben wohl eine ganze Fuhre von Läusen und Flöhen mitgebracht, und Betta steckt die Kinder in die Zinkbadewanne in der Küche, die samstags gewöhnlich zum Badezimmer umfunktioniert wird, natürlich streng getrennt für Jungen und Mädchen, und schrubbt die beiden gründlich ab. Es bleibt eine ziemlich dunkle Brühe zurück, aber die Flöhe haben es sich inzwischen im ganzen Haus gemütlich gemacht, und die stechenden, kleinen elenden Blutsauger zwicken und zwacken sämtliche Familienmitglieder genüßlich überall hin, an sämtliche Körperstellen. Bei uns Kindern entsteht ein beliebter Sport, die winzigen Hüpfer zu fangen und sie dann mit Hochgenuß zwischen den Daumennägeln zu zerquetschen.
„Häi hon ich widder ans, Agnes“, rufe ich triumphierend meiner Schwester zu, die ebenfalls, wie wir alle, auf der Jagd ist.
Jetzt kommen auch noch Läuse dazu, die unsere armen Köpfe furchtbar quälen, schlimm ist dabei noch die Be-

handlung, die Mama und Betta gemeinsam ausführen. Sie strapazieren mit einem engen „Läusekamm“ unsere armen Haare. „Haal doch still“, schimpft Betta, wenn wir Zeter und Mordio vor Schmerz schreien, „ich kreje doch sonst die Dinger net rous.“

Die Tortur geht aber noch weiter, sechs Mädchen sehen aus wie indische Fakire mit ihren zu Turbanen umwickelten Köpfen. Eine stinkende Flüssigkeit muß ein paar Stunden einwirken, „damit de Läus kapott jien“, erklärt Betta.

Wie kann ich mich nur vor der Fortsetzung der Qualen drücken, aber Mama ist unerbittlich. „Die Nisse müsse naus, sonst fängt des Gedöhns von vorn an, des sinn nämlich die Eier von de Läus – also komm!“ Sie stöhnt verzweifelt über die Menge der Tierchen und kämmt und kämmt.

Irgendwann sind wir entlaust und „entfloht“, aber ein neues Übel bahnt sich an: Die Krätze! Diese gefürchtete Hautkrankheit macht uns sehr zu schaffen, und Agnes und ich heulen uns oft gegenseitig was vor.

Unsere Österreich-Kinder, sie kommen aus einem kleinen Kuhdorf in der Nähe von Graz, leben sich gut ein, und Frida hat kein Heimweh mehr. Sie haben ihre „dicken Backen“ bekommen und fahren nach sechs Wochen, reich beschenkt und bepackt mit vielen schönen Sachen – wieder heulend, aber diesmal vor Trennungsschmerz von uns – zurück in ihre Heimat.

Später schreibt die Mutter von Trude:

> „Werthe Familie Wagner! Die Trude ist zu faul zum Schreiben, es geht noch zur Schule. Ist Herr Wagner eingerückt? Unsere ‚siegreichen Truppen‘ die leisten unmögliches, unser Führer kann stolz darauf sein. Hoffentlich seit ihr noch

gesunt, wie es auch bei uns der fal ist. Herzliche Grüße aus der Ostmark sendet Ihnen

Ihre dankschuldige Maria Drame.

Waschtag

Zärtlich nennen wir sie „Huh, Huh“, die Frau Liebfried, ein schöner Name, der zu ihr paßt. Sie ist aus Nehren, einem Moseldörfchen, und Witwe. Sie hat einen Sohn, den heißgeliebten Willi. Der fällt gleich zu Beginn des Rußlandfeldzugs wie tausend andere Jungen. Zu unserer Begrüßung steckt sie jedesmal ihren Kopf zur Türe hinein und ruft: „Huh, huh, ihr Kennerchen!“ An einem Tag steht sie in der Küche, Tränen laufen in Strömen über ihr gutes, mütterliches Gesicht: „Mein Willi is dud – mein Willi is in Rußland gefalle – mein Willi kommt net mie widder!“ Ein verzweifelter Aufschrei einer Mutter, deren geliebtes, einziges Kind nie mehr zurückkehrt, einem irrwitzigen Wahn geopfert.

Viele Jahre später, als sie mit weit über 90 Jahren in einem Altersheim in Alf liegt, besuche ich sie mit meiner Schwester. Ich weiß nicht, ob sie uns erkennt. Über dem Bett hängt außer dem Kreuz als einziger Schmuck das Foto von ihrem geliebten Willi, den sie um viele Jahrzehnte überlebt hat.

Ich beuge mich über sie und sage leise, um sie nicht zu erschrecken: „Huh, huh, hier is dat Ria aus Cochem.“ Ein freudiger Schimmer des Erkennens huscht über ihr noch immer rosiges Gesicht, und mühsam formt sie den Mund zu einem „dat Riachen“ und lächelt dabei. Wie bin ich froh. Noch einmal kehrt ihre Seele zurück von dem Weg in eine andere Welt, wo sie ihren Willi wiederzufinden hofft. Wenig später stirbt sie still. In unserer Erinnerung lebt sie.

„Huh, huh, loß uns off dir reiten", geduldig läßt sie uns beim Treppenputzen auf ihrem breiten Rücken Reiter spielen, besonders ihren Liebling, das, Agneschen, „dat Klein met de goldije Löckche", wie sie immer liebevoll sagt. Wenn wir sie zu sehr strapazieren, haut sie uns einfach den Putzlumpen um die Ohren, aber nie bös.

Montag, Dienstag und der Mittwoch sind Waschtage. Da steht die Frau Liebfried mit der Betta im Hof hinter der Küche vor Riesenbergen schmutziger Wäsche von zehn Familienmitgliedern. Das heißt was, die zu waschen!
Im großen Waschkessel in der Ecke wird sie gekocht, so daß der ganze Hof zu einer dunstigen Nebelküche wird. Im großen Bogen schmeißt Betta mit einem Stock die triefende, heiße Wäsche in die Waschbütt. Mit von der heißen Lauge roten, schrumpeligen Händen schrubben die beiden Frauen, spülen aus, wieder und wieder im eiskalten Wasser. Mit müden Beinen schlurfen sie hin und her, in schweren Holzpantinen. Wir benutzen den von der Waschbrühe überschwemmten Steinboden zu einer Rutschpartie. Nicht zum Vergnügen der Waschfrauen. „Wollt ihr wohl da weg, ihr Frechdächs!'„ schimpft Betta unwillig. „Holt lieber ein paar Schößje beim Bäcker Marx, awer schön braun." Wir nix wie hin, mit zwei Groschen in der Hand, denn wir wissen, daß uns die kleine, mollige Frau vom Bäcker Marx immer etwas „zugibt", meistens so ein schönes, rotes Himbeerbonbon, das für unser Kinderleben eine Kostbarkeit bedeutet.

„Goode Morje, mir hädden gern zwei Schößje für de Betta un de Frau Liebfried, awer schön braun", sagen wir brav unsere Bestellung auf. Hier im kleinen Laden in der Herrenstroß liegen die frischgebackenen Brote in Reih und

Glied im Regal. Ihr köstlicher Duft steigt verführerisch in unsere kleinen, begehrlichen Nasen. Es ist schon vorgekommen, daß meine kleine Schwester auf dem Weg bis ins Haus ein Stück aus dem so herrlich frischen Brot herausgebissen hat. Manchmal läßt uns der kleine, untersetzte freundliche Bäcker beim Brotbacken hinten im „Schullgäßje" zusehen. Mit offenen Augen und Nasen beobachten wir voll Neugier, wie er mit dem großen Schieber schwungvoll die so schön rund geformten Brotlaibe aus Teig in das weitgeöffnete Ofenloch, das mir wie ein riesiges Maul vorkommt, hineinschiebt.
Die „Huh, huh" freut sich auf die Schößje, sie trocknet sich an der Schürze die Hände ab und trinkt mit Betta zusammen genüßlich eine Tasse Kornkaffee. Danach geht die Plackerei weiter. Wäsche die Hoftreppe mit den vielen Stufen hinauftragen und aufhängen. Trocknen lassen, abhängen und bügeln. Stundenlang steht Betta am Bügelbrett und bügelt große Hemden, kleine Hemden, Nachthemden, Blusen, Kleider, Hosen Handtücher, Büstenhalter aus Leinen, die man bügeln mußte, und Küchentücher, Berge frischgebügelter Wäsche türmen sich auf.
Nur die Bettwäsche bringen wir zu den beiden kleinen rachitischen Jungbluthschwestern in der Herrnstraße. Staunend sehen wir zu, wenn die großen Bettücher wie in schönen Wellen aus der Mangel quellen und dann gestreckt und wieder ordentlich zusammengefaltet im Korb liegen – bis zur nächsten großen Wäsche.

Die Bas

Ich sehe mich neugierig im Zimmer um – was kann ich noch alles in den vielen verborgenen Ecken entdecken, das mich auf neue Spuren der Erinnerung bringt?
Da, ganz in der hintersten Ecke versteckt, sehe ich das schwarze Spinnrad, und sofort fällt mir die „Gevenicher Bas“ ein. Die „Bas“, so heißt sie nur bei uns, mit dem pfiffigen, ein wenig durchtriebenen Bauersfrauengesicht – sie weiß ihre Eier zu verkaufen –, steht mit einem riesigen Henkelkorb in unserer Küche, und legt 20 Eier vorsichtig in eine große Schüssel.
„Sie is ja so arm wie ei Kirchenmaus, wir müsse ihr helfe“, sagt Mama. Von da an kommt die Bas häufig zu uns, manchmal bringt sie auch ihre zwei Kinder mit, den Josef und die Gerda.
Sie kann spinnen, die Bas! Atemberaubend, wenn sie im Wohnzimmer sitzend, die weiche, weiße Wolle unserer Angorakaninchen verspinnt, die Mama vorher geschoren hat. Wenn sie mit flinken Füßen den Fußhebel tritt, glaubt man, die Spindel fülle sich wie durch Zauberhände mit den feinsten Wollfäden, die dann später von Mama für die ganze Familie zu mollig-warmen Angorajacken verstrickt werden.
Manchmal dürfen meine Schwester Agnes und ich bei der Bas unsere Sommerferien verbringen. Sie ist froh, „dat ech mich revanschiere kann für all dat Jode (Gute), wat ihr mir dot“, sagt sie zu Mama.

In zwei Stunden Fußmarsch sind wir in Gevenich, einem kleinen Eifeldorf, wo die Leute sehr arm sind und die Jauche hoch in den Straßenrändern steht. Wie oft sind wir da hineingetreten und stanken noch stundenlang danach.
Auf der hölzernen Bank vor der Haustür sitzt der „Hampit“, der Vadder von Josef und Gerda und der Mann von der Bas. In seinem fast zahnlosen Mund hängt meistens eine vor kaltem Sud triefende Pfeife, deshalb meine ich, er müßt bald hundert Jahre alt sein. Mama belehrt mich, daß die armen Bauern kein Geld für den Zahnarzt haben.
„Esse kumme!“ schreit die Gerda. Hungrig vom langen Fußmarsch rennen wir in die winzige Küche, wo mit Mühe noch zwei Esser mehr an den Tisch in der Ecke gepfercht werden können.
„Eßt, eßt, Kennerchen, dat ihr dicke Backen kriecht!“ Die Bas ist besorgt um unser Wohlbefinden! Ich höre schon wieder „dicke Backen“ – ohne die darf wohl kein Kind von den Ferien auf dem Land heimkommen.
Ein riesiger Pott steht auf dem Tisch, und es duftet verlokkend nach Erbsen mit Speck – mir läuft das Wasser im Mund zusammen! Mein Schwesterchen ekelt sich vor Speck.
Da liegen ja nur Löffel auf dem Tisch! Wo bleiben denn die Teller? Die Katastrophe naht! „Bei uns jebt et kein Deller, mir sin net esu fein!“ belehrt mich Gerda. Unfaßbar – bei uns daheim hat doch jeder seinen eigenen Teller. Aber es geht kein Weg daran vorbei, wenn wir satt werden wollen. Mir wird unwohl bei dem Gedanken an die „gemeinsame“ Mahlzeit aus einem Topf.
Mit einem Löffel bewaffnet, wird jetzt geschlürft, gemampft, geschmatzt, nachdem vorher natürlich auch „jebät“ wurde: „Aller Augen ...“

Es stellt sich uns noch ein Problem – die Fliegen nicht mitzuessen, die rundum den Topf garnieren, wovon aber die meisten an dem wenig appetitlichen, klebrigen Fliegenfänger über dem Eßtisch ihr Leben lassen müssen.
Ich muß mal aufs Klo – das nächste Problem, weil man da nur über den Hof hinkommt, und dann ist das auch kein richtiges Klo, so wie bei uns. Es ist ein Plumpsklo, wie auf allen Bauernhöfen zur damaligen Zeit. Im übrigen ist es gar nicht so einfach für mich, dort oben hinaufzugelangen. Mühsam ziehe ich mich hoch und gucke schaudernd in die gähnende, stinkende Tiefe der Jauchegrube unter meinem kleinen Po. Mich befällt eine fürchterliche Angst, dort unten hinein zu fallen. Zu meiner Beruhigung nehme ich mein Schwesterchen auf diesen „gefährlichen" Gang mit. Obwohl zwei Jahre jünger, ist sie doch tapferer als ich.
Da fühle ich mich im Kuhstall bei den beiden Kühen Flora und Lisa doch viel wohler. Die Lisa mit der hübschen weißen Blesse auf der Stirn ist mein Liebling, und ich lasse mich gern von ihrer feuchten, rauhen Zunge lecken. Die warmduftenden Tiere sind der größte Reichtum der armen Bauern. In aller Herrgottsfrühe sitzt die Bas auf dem dreibeinigen Melkschemel im Stall und strietz, strietz schäumt die Milch in den Eimer, den sie zwischen die Knie geklemmt hat. Ein Erlebnis für uns Stadtkinder! Und wenn wir dann den ersten Becher der noch kuhwarmen, köstlichen, sahnigen Milch zu trinken bekommen, da bin ich mit den anderen, primitiven Unannehmlichkeiten ausgesöhnt. Ich nehme mir vor, später vielleicht doch mal Bauersfrau zu werden.
„Hüh – Flora und Lise, aus dem Stall: Es geht ins Heu!" Die beiden Kühe zockeln ganz gemütlich mit uns auf dem wackligen Leiterwagen durchs Dorf. Wenn der Hampit

auch noch so bedrohlich vor ihrer Nase mit seiner Peitsche herumfummelte, um sie aus ihrem Trott aufzuscheuchen, so macht ihnen das gar nichts aus. Sie wissen genau, daß er harmlos ist und ihnen kein Haar krümmen würde. Tier und Mensch sind auf dem Land eine zusammengefügte Einheit, sie brauchen sich gegenseitig.

Auf dem Feld ist es heiß, und unsere dünnen Baumwollkleider kleben uns schweißdurchnäßt unangenehm am Körper fest. Fleißig werfen wir mit unseren dünnen Ärmchen Heubündel auf den Wagen, wo der Josef sie auffängt und aufschichtet.

Es wird immer schwüler – dunkle Wolken ballen sich zusammen. „Et kimmt e Jewitter!" Ich habe Angst, man hört doch immer wieder von vom Blitz auf den Feldern erschlagenen Kühen und Menschen!

Eilig wird alles aufgeladen, und wir lassen uns, hoch oben im tiefen, würzig duftenden Heu eingekuschelt, wie in einer großen Wiege schaukeln. Fast könnte man seekrank werden bei dem sich gemächlich hin und her schaukelnden Gefährt, und wir quietschen wie junge Ferkel, wenn der hochbeladene Wagen sich auf den ausgefahrenen Feldwegen bedrohlich zur Seite neigt. Aber der Hampit schafft es, die braven Tiere auf dem rechten Weg zu halten.

Es grummelt in der Ferne – ein Gewitter zieht auf. Die Kühe beeilen sich nun doch mit ihrem rumpelnden Wagen, instinktiv fürchten sie die Gefahr.

Schnell abladen, die ersten Tropfen fallen, das Heu muß ins Trockene. Dann ein Donnerschlag – wir rennen in Panik ins Haus. Blitz auf Blitz – Schlag auf Schlag –, es hat sicher irgendwo eingeschlagen! Blitzableiter gibt es noch nicht. Wolkenbruchartiger Regen prasselt wie aus Kübeln geschüttet aufs Dach, und draußen ist es so pechschwarz, als käme das jüngste Gericht auf uns zu.

In der Stube zündet die Bas eine Kerze an vor dem Muttergottesbild in der Ecke. „Kenner, mir müsse bede – jegrüßet seis du, Maria" – sie leiert ein Rosenkranzgesetz nach dem anderen runter – Blitz – Knall – ihre Stimme steigert sich zu höchsten Tönen, „jegrüßet seis du, Maria ..." Je lauter die Bas betet, je banger wird uns zumute, ich verkrieche mich mit meiner Schwester in den hintersten Winkel. Den günstigen Moment im Rücken ihrer betenden Mutter paßt die „dicke Gerda", wie wir das dralle Bauernmädchen heimlich nennen, ab, um uns, schadenfroh wegen unserer Angst, die Zunge rauszustrecken. Das ist zuviel – wir auch die Zunge raus, wie du mir, so ich dir! Die Bas schreit: „Wollt ihr verdammich nochmal offhöre, ... jegrüßet seis du, Maria ... Hört ihr, dä lewe Gott is bös met euch ... heilije Maria, Modder Goddes, bidde für uns Sünder ..., Amen." O Ja, der liebe Gott ist böse auf uns, oft genug sagen das die Erwachsenen.

Ist denn Zungerausstrecken auch eine schwere Sünde vor dem lieben Gott? Oder nur eine läßliche? Das Wort hab ich nie kapiert. Soll der wirklich da oben in einem Gewitter seinen Zorn auf die schlechte Menschheit austoben? Mama und Papa sagen, daß Gott alle Menschen, besonders aber die Kinder und die Armen liebt. Und daß nur die Reichen so schwer durchs Nadelöhr in den Himmel kommen, so verstehe ich jedenfalls den Pastor in der Kirche, wenn er das Evangelium liest. Aber er erzählt doch auch von der ewigen Verdammnis, von Heulen und Zähneknirschen im ewigen Feuer! Was ist denn nun wahr? Ich beschließe, doch lieber Mama und Papa zu glauben, die strafen uns ja auch nicht. Also kann der liebe Gott auch nicht

so streng mit seinen eigenen Geschöpfen sein. Mein Kinderleben schwankt zwischen Vertrauen und Angst.
Aus meinen Erinnerungen in die Gegenwart zurückgelangt, trete ich vorsichtig den Fußhebel – das Rad dreht sich noch –, die Bas und der Hampit sind schon lange unter der Erde, die Gerda hat einen aus dem Dorf geheiratet, und der Josef ist als Matrose zur See gegangen. Er wollte kein armer Eifelbauer sein wie sein Vadder, der Hampit.

St. Martin

„Töff, töff, töff – es kommt ein Mann gefahren,
töff, tött, töff – ein Mann mit langen Haaren,
töff, töff, töff – wo geht die Reise hin,
Jerusalem, Jerusalem – wo alle Judde sin.“

Ich erschrecke – wie kommt mir nur dieses Lied, dieses Spiel, „Die Reise nach Jerusalem“ in den Sinn?
Irgendwoher, wie so viele ungute Lieder, haben wir es aufgeschnappt – auf dem Schulhof oder auf der Straße. Manche lernen wir jetzt in der Schule. Daheim sind die Erwachsenen aufgebracht. „So was wird bei uns im Haus net gesunge. Und überhaupt singt ihr so was net, basta!“ Wenn Mama „basta“ sagt, wissen wir, was es geschlagen hat.
Was weiß ich denn von Judendiskriminierung – mir gefällt der Klang und das lustige „töff, töff“ an dem Lied. Was weiß ich von Jerusalem, außer, daß da unser lieber Jesus auf einem Esel in die Stadt geritten kam und alle mit den Palmzweigen in den Händen „Hosanna“ schreien, (so wie alle jetzt hier „Sieg Heil“ schreien) – und daß dann dieselben Leute wollen, daß er ans Kreuz geschlagen wird. Aber das waren doch Juden? In der Kirche wird doch immer am Karfreitag für die „verblendeten Juden“ gebetet, die schuld am Tod von unserm Heiland sind. Aber der war doch selbst ein Jude? Fragen über Fragen, was mit unseren jüdischen Freunden geschieht, warum sie nicht mehr kommen,

ich weiß nichts von dem, was von Hitler teuflisch als die „Endlösung der Judenfrage" bezeichnet wird.
Bruchstückweise schnappe ich bei Gesprächen der Erwachsenen auf, daß Hitler ein Verbrecher ist.
Doch noch scheint uns kleineren Kindern die Welt in Ordnung, und wir freuen uns auf Weihnachten und all das Schöne, was davor noch kommt.
Am Vorabend von St. Martin, dem „Märtes", am 10. November, laufen wir drei Kleinen mit unseren großen Geschwistern zusammen auf den Marktplatz. Die vielen bunten, meist selbstgebastelten Laternchen leuchten und flakkern hin und her wie Irrlichter und werfen lange Schatten auf die schmalen Häuserfronten.
„Do, dä heilije Sant Martin kimmt!" Ein Aufschei aus vielen Kinderkehlen.
Hoch, ganz majestätisch auf seinem weißen Schimmel sitzend, mit blitzendem Helm und einem prächtigen, roten Samtmantel bekleidet, reitet St. Martin von der Oberbachstraße herunter auf den Marktplatz bis hin zum Brunnen. Oben auf dem Brunnen steht sein Bild aus Stein gehauen. Das Pferd bäumt sich hoch auf vor dem Bettler im Schnee, und der Heilige teilt mit dem Schwert seinen Mantel. Mit großer Ehrfurcht stehe ich oft vor diesem steinernen St. Martin, der so edel war.
Der „echte" St. Martin aber hält uns eine so schöne, feierliche Rede, daß mir heilige Schauer über den Rücken laufen, und ich wünsche mir, auch so gut zu sein wie er. Ich sehe um seinen Kopf einen Heiligenschein. Wir sollen doch auch alle heilig werden, sagt der Pastor. Aber ob ich es fertigbrächte, meinen schönen, warmen Lodenmantel kaputtzuschneiden, den Dati uns mit soviel Mühe genäht hat? Außerdem würde Mama da ganz schön schimpfen. Und

Spielsachen herzugeben an arme Kinder, das fällt mir auch arg schwer. Also, mit dem „Heiligwerden“ ist es nicht so einfach, aber gute Vorsätze zu haben, ist ja schon mal ein Anfang.
Jetzt spielt die „Käse-Musikkapelle (vom Milchmann Käs) mit schönen, lauten Blasinstrumenten: „Sankt Martin, Sankt Martin, Sankt Martin ritt durch Schnee und Wind, sein Roß, das trug ihn fort geschwind ... “ Wir singen mit hellen, jauchzenden Stimmen begeistert mit ... „Oh helf mir doch, in meiner Not, sonst ist der bittre Frost mein Tod.“
Dann verteilt der Heilige unter uns seine herrlichen, gezuckerten Martinsbrezeln.

Nikolaus

Leise schweben die ersten weißen Flöckchen zwischen den engen Häuserreihen der Herrenstraße, immer dichter werdend hinunter und bedecken mit einer zarten Flaumschicht die Straße. Es gibt kaum etwas schöneres, geheimnisvolleres für Kinder als der erste Schnee.
Meine Schwesterchen und ich drücken uns am Wohnzimmerfenster die Nasen platt. „Et schneit – et schneit – Schneeflöckchen – waaais Röckchen – wie kommst du geschnaaait ..." singen wir verzückt. Und „Nikolaus iiist ein guter Mann, dem man nicht genuug danken kann ..."
Heute ist Nikolausabend und wir warten schon seit Stunden, mit großer Spannung, ob er nicht bald im Abenddämmern dort unten um die Ecke biegt.
Wer hat den besten Platz – wer sieht ihn zuerst? Wir drängeln uns gegenseitig auf dem schmalen Fensterbrett. Still, kommt da unten im schwachen Licht der Gaslaterne der Hl. Nikolaus? „Is dä Knecht Ruppdich och dabäi?" frage ich angstvoll. Vor Aufregung kribbelt es mir bis in den Bauch hinunter.
Zum großen Spaß der Erwachsenen sage ich statt „Ruprecht" immer nur „Ruppdich". Wir fürchten uns vor ihm, weil erzählt wird, daß der schwarze Mann die bösen Kinder mit seiner Kette fesselt, die man auf der Straße so laut rasseln hört, und sie in seinem Sack mitnähme. Eine schlimme Vorstellung, denn bös sind wir ja manchmal auch.

Aber zu uns darf er nicht mitkommen, unsere Eltern wollen nicht, daß wir Angst haben. Er muß unter der Kellertreppe warten, bis der heilige Mann oben bei uns war.
Da kommt er – tapp – tapp –, der Nikolaus, laut die Treppe rauf – und jetzt rumst er an die Wohnzimmertür, wo wir eng aneinandergedrückt auf der Klavierbank ängstlich und erwartungsvoll sitzen. Groß und majestätisch tritt er ins Zimmer, mit dem goldenen Bischofsstab in der weißbehandschuhten Hand und seinem prächtigen Gewand, an dem ein von mir insgeheim bewunderter riesengroßer Rosenkranz baumelt, dazu die Mitra, die Bischofsmütze, auf dem Kopf. Unter seinen Arm hat er das so gefürchtete Strafregister geklemmt, das er aber nicht oft benutzt. Das erfreulichste Attribut ist für uns der prallgefüllte Sack, von dem wir wissen, daß er viele köstliche Herrlichkeiten für uns in sich birgt.
„Könnt ihr denn auch schön beten?“ ertönt aus einem weißen, dichten Bart die tiefe Stimme vom Hl. Nikolaus. „Gegrüßedzeist du, Maria, – du bis – du bis“ – mir hämmert laut das Herz. Warum muß ich bei so was immer als die Älteste von uns drei Kleinen zuerst anfangen? Mein Kinderglaube ist so unbeirrbar, daß ich nicht den geringsten Zweifel daran habe, daß es der richtige Nikolaus ist.
Ich erkenne nicht die verstellte Stimme von „Barze Helene“, in deren Kolonialwarenladen wir mit Vorliebe mit Betta einkaufen gehen. Da steht alles an Wunderbarem in den hohen Regalen, die bis an die Decke reichen, was ich mir für meine Puppenküche wünsche: Kathreiners Kaffee, Zucker, Mehl, Salz, Nudeln und Rosinen. Als besondere Verlockung stechen mir die hochgefüllten, bunten Bongläser in die Augen, aus denen wir von der freundli-

chen Helene zum Schluß immer etwas „zukriegen". Sie hat uns „Wagnerkennerchen" gern.
Die Agnes ist couragierter als ich, sie sagt das „gegrüßedzeist du, Maria" ohne Stocken auf. Am besten kommt unser Kleinstes, die Ika weg, die braucht das alles noch nicht zu können. Sie sitzt nur mit brav gefalteten Händchen da und schaut den heiligen Mann aus ihren großen, schwarzen Kulleraugen an.
Mit der Ermahnung, auch schön brav zu sein, schüttet er nun endlich den Sack auf dem Boden aus, und wir stürzen uns auf die Äpfel, Nüsse, Plätzchen und Mandeln und futtern uns voll.
Der Nikolaus kommt aber noch einmal in dieser Nacht und füllt unsere Teller, die wir im Radiozimmer auf dem großen, runden Tisch aufgestellt haben – nicht ohne vorher unser Abendgebet „Müde bin ich, geh zur Ruh ..." gebetet zu haben.
Am Morgen rennen wir aufgeregt hinunter. Sind die Teller auch voll? Ah, hoch gefüllt sind sie mit Plätzchen, Lebkuchen, Zuckerkringeln, und eine Apfelsine, die wir das ganze Jahr über nicht zu sehen kriegen, liegt auf jedem Teller, zusammen mit Datteln und Feigen. Der von mir so sehnlichst gewünschte Bleistift liegt tatsächlich auch neben meinem Teller.
Aber dann kommt der Tag, ich bin neun Jahre, an dem ich den ersten Riß in meiner gläubigen Kinderwelt bekomme. Sie lachen mich in der Schule aus, weil ich noch an den Nikolaus glaube. Heulend laufe ich heim und frage Mama, ob die Kinder recht hätten.
Und Mama findet die richtige, tröstliche Erklärung für meinen Kummer. Der Hl. Nikolaus, der in seinem Leben soviel Gutes getan habe, sei bestimmt im Himmel. Es sei al-

so keine Lüge, daß es den Nikolaus gibt, nur komme er nicht selbst, sondern die Menschen machten zu seiner Erinnerung dieses Spiel. Aber in meinem Kinderherzen bleibt doch ein Stachel zurück.

Der Winter

Der Winter ist kalt, sehr kalt. In den Straßen liegt der Schnee hoch aufgetürmt, wie aufgeplusterte Kissen. Wir holen unsere Schlitten aus dem Keller, wo sie den Sommer über als Schlupfwinkel für Spinnen und Mäuse dienten. Nichts wie hinaus auf die Drei Kreuzer zum Rodeln! Die Abfahrt von da oben ist herrlich, und die Burg gegenüber mit ihren Türmchen sieht aus wie ein verzuckertes Märchenschloß.

Mit feuerroten Backen von der eisigen Luft sausen wir die Schloßstraße hinunter und lassen dann unsere Schlitten die vielen Stufen der Wenzelgassetreppen „runtertitschen".

Eisfüße haben wir. Papa jagt uns zur Vorbeugung gegen Frostbeulen eine Runde barfuß durch den Schnee im Garten. Er schwört auf Kneipp-Methoden und hat damit schon so manches Übel in den Griff bekommen. Ich habe nie erlebt, daß er jemals einen Schnupfen bekam.

Jetzt brennen unsere Füße wie Feuer, und wir heulen vor Schmerz. Papa sagt: „Dat hört gleich off." Und als ich dann in meinem Bett unter dem dicken Plumeau, von Dati noch mit einem Wärmekrug versorgt, liege, vergehen die Schmerzen, und eine wohlige Müdigkeit hüllt mich wie eine Mutter ein.

Die Kälte im Zimmer spüre ich erst morgens beim Aufstehen.

Wunderschöne, glitzernde und zauberhafte Blütenmuster aus Eis hat der Frost wie mit Künstlerhand über Nacht an

die Fensterscheiben gemalt. Papa sagt mir, daß die aus meinem eigenen Atem entstanden sind. Ich staune.
Noch haben wir keine Heizung im Haus und wissen, was Kälte ist. Auf meinem Waschlavoir hat sich eine dünne Eisschicht gebildet. Als ich sie mit meinen Fingern vorsichtig öffne, um mein Gesicht mit Wasser zu betupfen - brrr - , da bibbere ich vor Kälte. Ich finde, das ist nun wirklich ein Grund, sich heute mal nicht zu waschen. Die einzige Ausweichmöglichkeit wäre die Küche. Da ist ein Spülbekken, das aber von der großen Familie dauernd besetzt ist. Und so kontrolliert niemand, ob wir uns auch alle gewaschen haben. Da bin ich heute mal gut davongekommen.
Tagelang hängen nasse Hosen, Strümpfe, Mützen, Handschuhe, Unterhosen über dem Herd in der Küche, zum Trocknen. Und die alle mal sechs zusammengerechnet!
Über dem Herd hängt ein in schöner Stickerei angefertigter Spruch:

„Eigner Herd ist Goldes Wert."

Ich lese immer, als ich später lesen lerne, die alten, verschnörkelten Buchstaben aus dem vorigen Jahrhundert so:

„Eigner Herl ist Goldes werl."

Noch heute habe ich diese Version meiner Kindheit im Kopf, wenn ich an den Herd in der Küche denke.

Weihnachten

Ich schaue aus dem Fenster von Datis Zimmer und sehe im Garten wieder die Weihnachtsengel fliegen – wie damals.
Die Weihnachtszeit war wohl wie bei den meisten Kindern in meinem Kinderleben die schönste Zeit. Trotz aller „Aufklärungen" und Zweifel späterer Zeiten ist mein Glaube an das eigentliche Weihnachten geblieben.
Manchmal wache ich nachts auf – es klopft und hämmert und sägt – ich horche: Das kann doch nur das Christkind sein? Ob es mit seinen Engeln an meinem, von mir heißersehnten Bauernhof arbeitet? Wispert und flüstert es da? Ist da nicht ein zartes Klingeln zu hören? Der Traum umfängt mich wie eine weiche Wolke und ich träume vom Christkind.
Wir sammeln eifrig Strohhalme für das Christkind in der Krippe und strengen uns mächtig an, brav zu sein, sonst gibt es keine Berechtigung für ein Strohhälmchen. Aber Bravsein ist auch furchtbar schwer, wenn wir vor Erwartung wie mit elektrischer Spannung aufgeladen sind. Für Betta sind wir schlimme Quälgeister, wenn sie in der Küche steht und Berge von Plätzchen backt.
Da ist Dati mal wieder der gute Geist. In ihrem Zimmer dürfen wir unsere aufgestauten „Weihnachtsaggressionen" austoben auf dem so beliebten „Rutschbrett." Ich wundere mich noch heute, daß sie das ausgehalten hat, den Krach von drei kreischenden, quietschenden, jubelnden, zankenden, „ich bin jetzt dran" heulenden Schreihälsen.

Ihre große Liebe und Geduld ließ sie das alles ertragen, obwohl es ihr gar nicht immer so gut ging. Wir dürfen in Schachteln mit Bändern, Schnüren, Spitzen, Perlen, Goldfäden und bunten Knöpfen wühlen. Unermeßliche Schätze finden wir in ihrem Speicherparadies.
Heimlich holt Papa mit den beiden Jungen aus unserem Wald einen Tannenbaum, der vor uns „Kleinen" im Keller versteckt wird. Meine große Schwester hilft „dem Christkind" beim Herstellen von Puppenkleidern. Dic „Großen" sind schon lange „aufgeklärt", wissen Bescheid. Doch wir leben noch in der Zauberwelt, die uns nichts zu zerstören vermag. Und wo Kinderherzen noch sehen, was sie glauben.
Am Tag vor dem Hl. Abend stapfen wir mit einem großen Henkelkorb in den Wald. Wir dürfen das Moos fürs Kripp-chen holen im Dreikreuzer Wald. Ich kann an dem überlebensgroßen Heiland am Kreuz vor der Kapelle nicht vorbeigehen, ohne ihm Tannenzweige, oder im Sommer Blumen, zwischen die durchbohrten Füße zu stecken. Es will mir da noch nicht in meinen kleinen Kopf, daß es das gleiche Jesuskind ist von der Krippe, das da jetzt als erwachsener Mann gefoltert am Kreuz hängt.
Einmal – vor Weihnachten – gehen wir im tiefen Schnee mit Mama und den anderen durch den Lescher Lindenwald. Da – was schimmert und glitzert so geheimnisvoll zwischen den dunklen, hohen Tannen? Atemlos vor Staunen sehen wir auf einer Lichtung ein über und über mit brennenden Kerzen bestecktes Bäumchen stehen. Das kann nur das Christkind gewesen sein! Papa tut überrascht, als sei er schnell hinter uns hergelaufen. So was bringt nur ein Papa wie unserer fertig, vorzulaufen, ohne daß wir es merken, und diese Herrlichkeit für uns zu zau-

bern. Er hat uns damit ein Geschenk für unser ganzes späteres Leben gemacht.
„Die Nacht vor dem Hl. Abend, da liegen die Kinder im Traum ..."
Bei uns ist es die Nacht vor dem Weihnachtsmorgen, da wälze ich mich hin und her in froher Erwartung. Bei uns ist die Bescherung immer erst am Weihnachtsmorgen nach der Fünf-Uhr-Mette und den zwei nacheinander im Schnellverfahren gelesenen Hirtenmessen. Solange müssen wir aushalten.
Harte drei Tage sind es für uns, wenn das Weihnachtszimmer fest verschlossen bleibt für uns Kinder.
Im ganzen Haus riecht es wunderbar gemischt nach Braten und Bohnerwachs.
Unsere „Huh, huh" hat ihre Arbeit getan und fährt mit einem dicken Paket beladen zu ihrem Willi nach Nehren, und ebenso die Bas nach Gevenich zu ihren Kindern und dem Hampit.
Was raschelt und knistert es so geheimnisvoll aus dem Zimmer? Horch, ein silberhelles Klingeln ist zu hören! Sind die Engel und das Christkind am Werk? „Pst, loß mich mol gucke", sage ich im Flüsterton und stupse meine Schwesterchen zur Seite, „ech will awer och mol", Flüstern, Stupsen, immer wieder einen heimlichen Blick riskieren. Betta schimpft aus der Küche, wo sie die Weihnachtsgans mit Äpfeln und Kastanien stopft. „Paßt nur off, dat ihr neugierige Ströpp kein Klaps von em Engelche kriecht!" Tatsächlich – batsch schon hab ich eins über die Nase bekommen, jedenfalls spüre ich es deutlich. Engel kommen wohl überall hin, selbst durch das engste Schlüsselloch, daran besteht für mich kein Zweifel.

Am Weihnachtsmorgen, früh um fünf Uhr, stapft die ganze Familie warm vermummt in langer Reihe durch die stillen Straßen, wo der schwache Schein der Straßenlaternen die Schneekristalle zauberhaft glitzern läßt. Wir sind freudig erregt, und ich kenne keine Empfindung, die sich mit der Weihnachtsfreude vergleichen ließe. Erwartung, Jubel, Liebe und tiefes, ursprüngliches Vertrauen – später, beim Älterwerden, mit Wehmut vermischt – bewegt die Herzen.

Viele Jahre später: Es ist Krieg, Weihnachten verändert sich für uns. 1944 ein Bombenangriff auf Cochem am Hl. Abend. Die beiden Jungen sind eingezogen, keine Nachricht von ihnen; der Kummer und die Angst sind in diesen Tagen zu Gast bei uns und den meisten Menschen in Deutschland.
Aus allen Straßen und Gäßchen strömen die Leute in die Kirche. Feierliches Geläute setzt ein und schwingt durch die weihevolle Nacht über die Dächer des Städtchens, bis in die Herzen der Menschen hinein.
Wir finden noch eine freie Bank für unsere große Familie, ziemlich vorn, damit wir Kinder auch etwas sehen können.
Der ganze Kirchenraum ist erfüllt von Tannen- und Kerzenduft, und den feuchten Moosgeruch aus der Krippe schnuppere ich tief in die Nase ein.
Brausender Orgelklang setzt ein und erfüllt den ganzen Raum, mir ist, als öffne sich der Himmel über mir und alle Engel sängen mit.
Weniger himmlisch fühlt sich wohl der Blasebalgtreter, der seine ganze Körperkraft einsetzen muß, damit das gewaltige, prächtige Orgelspiel von Herrn Bersch kein vorzeitiges Ende findet.

Voller Inbrunst singen wir: „Erde singe, daß es klinge, laut und stark ein Jubellied ..." Papas klare Tenorstimme hebt sich über die der anderen hinweg, und ich spüre einen Kloß im Hals, wenn ich ihn so andächtig freudig singen höre. Seine tiefe Gläubigkeit, durch die er vieles Schwere ertragen konnte, findet ihren Ausdruck in seinem Gesang.
Inzwischen geht die Christmette mit drei Geistlichen, viel Weihrauch und einer Menge Meßdienern zu Ende. Unruhig rutsche ich auf der harten Kirchenbank hin und her, wie lange dauert es denn noch, bis wir endlich heim zur Bescherung dürfen? Noch zwei Hirtenmessen lang wird meine Ungeduld auf die Probe gestellt.
Der große Verkündigungsengel mit den langen, goldblonden Locken, der an einem Faden über der Krippe schwebt und so fröhlich lächelt, hält zwischen seinen weit ausgespannten Armen ein Spruchband. Ich lese, „Friede den Menschen auf Erden, die guten Willens sind!"
Ich nehme mir vor, auch guten Willens zu sein und die zwei Hirtenmessen einigermaßen andächtig auszuhalten. Dann endlich – endlich! – wir rennen im Eiltempo heim – sind auch alle da – wo ist Dati? Immer das gleiche, jedes Jahr – wo ist Dati? Sie findet in der Kirche kein Ende, muß noch für den und den beten, dann endlich, Dati, mach doch ein bißchen schneller, wir können nicht begreifen, daß sie einfach nicht schnell laufen kann.
Eine lange Reihe erwartungsvoller Kinder, die Kleinsten vorn, wartet auf das Glöckchen. Jetzt, die Tür geht auf, und das Wunder hinter der drei Tage lang verschlossenen Türe zeigt sich uns mit seiner ganzen Pracht: Der märchenhaft geschmückte Tannenbaum mit viel Lametta, glitzernden, bunten Kugeln und Zuckerkringeln und vielen

Kerzen. Über all der Herrlichkeit schwebt ein Engel aus Wachs.
Vor der Krippe mit Papas wunderschön geschnitzten Figuren, singen wir aus voller Kehle „Ihr Kinderlein kommet“ und „Stille Nacht“, von Betta mit Hingabe auf dem Klavier begleitet. Nun noch schnell ein Gedichtchen von den Jüngsten aufgesagt. Und Gisela, mach schnell mit dem Weihnachtsevangelium, in der Kirche bin ich lang genug fromm gewesen, bibbere ich innerlich. Und dann Mamas Startsignal: „Jetzt geht mal zu euren Plätzen.“ Wir stürzen, stolpern und rennen. Schreie der Freude! Das Christkind hat die sehnlichsten Wünsche erfüllt. Und Mama, Papa und die Tanten stehen glücklich gerührt daneben. Ihre Liebe, Mühe und Sorge vorher, wie sie wohl das alles machen und beschaffen können, wird belohnt durch das Glück ihrer Kinder.

Das Grauen wächst

Wie ein blutroter Feuerball verschwindet die Sonne allmählich hinter dem Tummelchensberg. Die zerfetzten Wolken erscheinen mir wie riesige Flammen, die alles Leben um sich herum zerstören, verbrennen.
Meine Gedanken schweifen zurück zum Jahr 1938.
Fassungslos stehe ich am Türeingang zu Papas kleinem Zimmer, warum weinen die denn so, die nette Frau Horn und die Frau Mayer, die zu uns Kindern doch immer so gut sind? Wir freuen uns, wenn sie die von allen so begehrten Mazzen mitbringen, das sind die ungesäuerten Brote der Juden, die sie am Passahfest essen. Ein bißchen fad schmecken sie zwar, und bei uns Christen gibt es so etwas ähnliches, nur in Form der Hostie, die aber so winzig ist und im Mund schnell wegschmilzt. Jedenfalls knabbern wir Kinder genüßlich an den knusprigen, ungesäuerten Broten unserer jüdischen Freunde.
Fast jeden Abend schleichen sie sich auf Umwegen heimlich über die Schloßstraße das Wenzelgäßchen hinunter zu uns.
Sie müssen jetzt alle so einen gelben Stern, den Judenstern, ans Mantelrevers annähen, damit man die von den Nazis so verhaßten „Judde" auch gut erkennen kann.
Seit der schrecklichen Nacht von Mittwoch auf Donnerstag, dem 9. November, wo in ganz Deutschland von der SS und sonstigem Pöbel die Synagogen verbrannt, Möbel und Besitztum zertrümmert, jüdische Menschen gehetzt, zer-

schlagen und verschleppt wurden, seit dem Tag traut sich kaum einer mehr, die jüdischen Mitbürger „zu kennen."
Durch die Gassen und Häuser geistert das Gespenst des Mißtrauens und verbreitet Furcht voreinander. Nur ein paar heimlich unter sich Verschworene wissen um ihre gegenseitige Verschwiegenheit.
Daheim sind sie aufgeregt und sehr bekümmert über das schreckliche Geschehen. Als wir uns auf den Weg zur Schule machen, sagt Papa, sichtlich geschockt, zornig zu uns: „Dat ihr mir nur net dat Elend von unsere arme Jude angucken geht, dat Schlimme, wat die Kerle mit denen jemacht hon!"
Göbbels sagt in seinen Rundfunkreden, die vor Haß und falschem Pathos überschwappen, daß die Juden Ungeziefer seien und vernichtet werden müssen, was die braunen Henker dann auch in satanischer Präzision ausgeführt haben.
Noch heute habe ich die sich vor Fanatismus überschlagenden, gräßlichen Stimmen von Hitler und Göbbels im Ohr.
Tränen laufen über die Gesichter der verängstigten Frauen, Mama legt den Arm um sie, was kann sie sagen? Da gibt es keinen Trost, nur heimliche Hilfe, solange es geht. Sie packt Lebensmittel ein, weil ja die „nichtarischen Untermenschen" nicht in arischen Geschäften einkaufen dürfen. Ich verstehe das alles nicht, aber es greift mir an mein Kinderherz, wenn Erwachsene so trostlos weinen.
Eilig verstecken nun meine Eltern viele wichtige Dinge der jüdischen Freunde unter Podesten in unseren Zimmern und sonstigen Winkeln, worüber solch ein altes Haus ja zum Glück für diese Fälle genügend verfügt.

Den wertvollen Schmuck, den wir ab und zu bewundern dürfen, verschließt Papa in seinem kleinen Wandtresor. Und er verschließt auch seinen Schmerz über sein Unvermögen tief in seinem Innern, daß er sie nicht vor der Vernichtung retten konnte, seine Freunde, mit denen er von früher Kindheit an verbunden war.
Eines Tages kommen sie nicht mehr – man hat sie abgeholt und in Konzentrationslager abtransportiert. Sie kamen nie mehr zurück, nur Familie Hein mit Tochter Inge, die Ruth war in Israel, überlebten in Theresienstadt. Papa schrieb ihnen mit verstellter Schrift und ohne Unterschrift dorthin.
Meine Schwester besorgte die Post in Trier. Ich besitze die Fotokopie solch einer noch vorhandenen Karte, welche mir die noch lebende Tochter Inge vor ein paar Jahren gab. Sie hatten sie treu aufbewahrt. Der Text der Karte lautet:

Herrn Ludwig Hein
Theresienstadt
Badhofgasse 3a

Die Nachricht vom 21.10.41, die Sie uns geschickt haben, erreichte uns vor etwa 3 Wochen. Wir freuten uns über das Lebenszeichen und daß es ihnen noch gut geht. Es ist das Beste, wenn man durch Arbeit über diese schwere Zeit hinwegzukommen sucht, das müssen ja jetzt alle erfahren.
Hier hat sich eigentlich etwas besonderes nicht ereignet, es sei denn, daß doch so manche Bekannte gestorben sind. Auch sind wir von der

Luft aus so ziemlich verschont geblieben. Wir wünschen Sie weiter bei guter Gesundheit und grüßen heute bestens.

Nach ihrer Befreiung, als sie wieder in Cochem sind, trinken sie bei uns auf der Veranda einen Begrüßungskaffee und berichten von ihren schrecklichen Erlebnissen.

Später erfahre ich, daß es unserm Vater in seiner Position als Prokurist mit einem Trick gelungen ist, über das Trierer Generalvikariat jüdischen Freunden aus einem Moseldorf zur Ausreise zu verhelfen. Das Vermögen der armen Frau Mayer gab Papa nach dem Krieg ihrem Bruder in Afrika zurück.

Der schickte uns „armen hungrigen Kinderchen" Freßpakete.

Wenn die Sterne weinen könnten, dann täten sie es über dieses Kapitel der Menschheitsgeschichte, das alle bisherigen schlimmen Geschehnisse in den Schatten stellt.

Meine Tante vermerkt in ihrem Tagebuch: *Die Judensache hat uns keine Freunde gemacht. Ein 12jähriger Judenjunge sagte zu seiner Mutter: „Mutter, ich wünschte, ich wäre tot. In Deutschland kann ich nicht bleiben. Im Ausland wollen sie uns auch nicht und euch bin ich nur eine Last."*

Ist das nicht ein armes Kinderschicksal? Harmlos und froh war er bis da mit in Bernhard Klasse. Aber sogar Mitleid mit den Juden zu äußern ist verboten."

Beim Umblättern flattert ein Brief auf den Boden. Ich falte ihn auseinander und sehe, der ist von meinem Bruder Franz, ein Feldpostbrief aus Marseille von damals, etwa 1943, als das Unheil schon so lange über uns war.

Da steckt ja noch ein kleines Paßfoto, an der Stelle, wo wohl auch der Brief gelegen hat. Franz war Datis Lieblingsneffe, wie Betta den Bernhard als ihren hatte.
Schmal und ernst sieht Franz mit seinem Soldatenkäppi auf dem Kopf aus. Uniformen waren ihm schon immer ein Greuel, und er trägt sie auch entsprechend desinteressiert und nachlässig.
So viel hoffnungsvolle Pläne hat er nach dem Abitur gehabt. Ingenieur oder Musiker wollte er werden. Später wird er Tonmeister am SWF in Baden-Baden. Als er weggeht, sagt er nur: „Tschüß, halt' euch gut." Viele Worte hat er nie gemacht. Meistens sitzt er oben in seinem Zimmer, das er mit Bernhard teilen muß, und bastelt Radiogeräte, oder es knallt und stinkt im ganzen Haus von seinen chemischen Versuchen.
Wir kleinen Schwestern heulen ihm nach: „Gell, du schräiwst (schreibst) uns doch? Un bläiw jesund, Bubi!" Er will nicht, daß wir ihn zum Bahnhof begleiten, dann wird der Abschied nur noch schlimmer. Er muß es alleine tun, das Schwere. Mamas Herz ist wie Blei, als ihr „Großer" geht. Man sieht es ihr an, und Papa sagt nur, „Geh mit Gott, Junge."
Später muß auch der „Kleine", der Bernhard, in den Schrecken hinein.
Meine Gedanken schweifen zurück zum Sommer 1939.
Wie jeder Sommer ist auch dieser für uns Kinder heiter und unbeschwert. Wir sind glücklich, für ein paar Wochen der ungeliebten Schule zu entkommen, und nun erwartet uns die heißersehnte Freiheit auf dem Land.
Mit Rucksäcken bepackt, marschieren wir Sechs mit Mama und Betta nach Illerich.

Nur Dati und Papa, der wegen dringender Bankgeschäfte benötigt wird, bleiben zu Hause. Die großen Leute befürchten Schlimmes.
Wir wohnen bei Emmerichs in „Pängsion," wie ich stolz meinen Schulfreundinnen erzähle. Hier kam ich mir reich vor. Nie wäre mir der Gedanke gekommen, es könnte noch mehr Schönes in der Welt geben. Der Umkreis unserer kleinen Welt endete in den nächsten Eifeldörfern, und die hatten alles für unser Glücklichsein.
Die Kinder von Schmitze unten am Ende vom Dorf sind unsere Freunde. Eigentlich sind wir drei Jüngsten mehr ein Anhängsel unserer großen Geschwister. Die sind so alt wie die Billa, der Alfons und der Paul. Der Kuhstall ist ein herrliches Versteck für unsere Spiele, ebenso der Heuspeicher, worin man sich so herrlich im duftenden Heu einkuscheln kann. Meine Schwester Agnes fiel einmal von da oben runter, genau auf ein Hühnernest mit Eiern, von denen eines faul war. War das ein Geschrei und ein Gestank! Es gibt kaum Schöneres, als bei der Sommerhitze durch die Bäche zu waten, und wir verbringen viel Zeit mit diesem erfrischenden Spaß.
Unbarmherzig wirft die Sonne ihre glühenden Strahlen auf uns herab, während wir schwitzend auf dem Feld das Heu wenden. Es ist selbstverständlich für uns, daß wir unseren Freunden bei der Heuernte mithelfen. Wir besitzen in unserem Städtchen am Berg auch eine Wiese, unsere „Ziegenwiese", wo wir im Sommer auch Heu machen müssen. Aber hier gibt es die von mir so geliebten Pferde, die das Heu heimfahren. Und wenn mich der Paul auf das scheckige, mit den vielen lustigen Flecken auf dem weißen Fell, hebt, dann fühle ich mich wie eine Prinzessin auf dem warmen, würzig duftenden Pferderücken. Wenn ich heute

an einer Pferdekoppel vorbeikomme, tauchen aus ferner Vergangenheit Erinnerungen an meine Ferien in einem verträumten Eifeldorf auf.
Die Schulferien gehen zu unserem Leidwesen ihrem Ende zu, und wir haben wieder unsere „dicken Backen“ bekommen, zur Freude von Mama und Betta, der unser leibliches Wohl sehr am Herzen liegt. „Wat die klein Bagage in de Schull doch immer so dünn un kräbisch (kränklich) säin,“ meint sie manchmal besorgt.
Auf einmal, an so einem letzten Ferientag, geht es wie eine rauschende Woge durchs Dorf: „Mobilmachung, es gibt Krieg!!“
Wer hat es zuerst gesagt? Ist im Radio durchgekommen! Der Ausscheller geht durchs Dorf: „Mobilmachung, es gibt Krieg – Krieg – Krieg!!!“ Mir stockt das Herz. Krieg? Papa hat soviel vom Krieg erzählt, es muß also etwas Furchtbares sein!
Mir ist auf einmal, als ob die schöne, warme Sonne vom Himmel verschwunden wäre – mich friert's.
Aus allen Ställen werden die Pferde geholt, von überall her kommen sie aus den Dörfern, lange, lange Reihen, trapp, trapp geht es. Tief traurig schaue ich zu, wie der Vadder Schmitz das braune und das scheckige Pferd aus dem Stall führt, er schneuzt sich die Nase, und die Modder steht an der Haustür und wischt sich mit der Schürze übers Gesicht. Sie müssen ihre treuen Arbeitsgefährten hergeben in den Schlachthof des Krieges, so wie kurz danach ihre Jungen, den Paul für immer. Mir ist, als verstünden die Tiere, was ihnen bevorsteht. Sie stampfen und trampeln und wollen nicht gehen, in ihren Augen steht Angst. Die Dorfstraße dröhnt vom Getrappel der vielen Hufe, sie ziehen an mir vorbei und ich heule, heule.

Von da an male ich nur noch Pferde, die weinen.
Papa ist gekommen, blaß und aufgeregt: „Schnell, packt eure Sachen – wir müssen sofort heim – es gibt Krieg!"
„Krieg, Krieg," was ist das Wort für uns Kinder? Das kleine, die Ika, versteht es mit seinen vier Jahren noch nicht, es spürt nur die Unruhe und Hektik, es weint.
Überstürzt fahren wir mit dem Postbus nach Cochem zurück. Dati ist erleichtert, als wir da sind. „Gott sei Dank, da seid ihr ja alle!"
Es geht weiter, das Pferdegetrappel durch unser Städtchen. Durch die engen Gassen hallt es, es verfolgt mich noch in meinen Träumen. Mit ihnen geht ein Stück meiner Sommerträume und Kindheit dahin.
Papa sagt verbittert, „Ich wußt schon 1933, als dä Schweinhund an die Macht kam, dat uns Schlimmes blüht."

Ins Tagebuch schreibt meine Tante: *Krieg! Nun ist wieder Krieg! Was ist der für das Einzelschicksal?*
Am 1. September hatte Hitler mittags 12 Uhr in großer Rede allen den Krieg erklärt. Während der Rede waren wir schon am Einmarschieren, und nach der Rede hat England um drei Uhr als Polens Verbündeter den Kriegszustand erklärt und um fünf Uhr auch Frankreich. Währenddessen waren die Deutschen schon weit von verschiedenen Seiten in Polen einmarschiert, hatten Danzig, den Korridor und die schlesischen Bergwerke genommen, am 9. September Warschau.
„Ein noch nie in der Welt dagewesener Vormarsch," sagte Göring in seiner Rede, die den Ton eines munteren Kumpanen hatte, der noch Witze machen konnte mit dem Todernst der Stunde.

Bombenterror

Ich lese und lese, vergesse Raum und Zeit – ein gewaltiger Donnerschlag läßt mich zusammenfahren. Vor Schreck fallen mir die Tagebücher aus den Händen.

Draußen fegt ein heftiger Sturm ums Haus. Ich höre, wie die losen Dachziegel klappern, es wird stockfinster. Ich mache Licht.

Datis Schrift verändert sich zusehends. Aus den wie feingestochen geschriebenen werden verkleckste Schriftzeichen. Die Tinte ist teilweise verblaßt, manches mit Bleistift geschrieben, später wieder neu überschrieben.

Der Krieg hat uns seit 1939 fest im Griff. Tag und Nacht brummen feindliche Geschwader mit ihrer todbringenden Last über uns hinweg. Noch fühlen wir uns einigermaßen sicher. Warum sollten sie sich denn ausgerechnet unser kleines Städtchen aussuchen?

Bei „strengster Strafe" ist Verdunkelung angeordnet. Bei den Nazis läuft alles unter „strengster Strafe", die oft tödliches Ende bedeutet. Es ist gar nicht so einfach, die vielen großen Fenster mit lichtundurchlässigen Papierrollen zu verkleiden, und oft genug schnappen die verflixten Dinger wieder nach oben. „Licht aus, Licht aus!" schreit irgendwer gellend durchs Haus oder von der Straße herauf.

Spaß in all dem Elend haben wir Kinder an den so schön phosphoreszierenden Leuchtplaketten, die bei abendlichen Ausgängen unbedingt am Mantelrevers getragen werden müssen – man könnte sich bei der totalen Finsternis ja gegenseitig umrempeln. Wir kommen uns wie umherirrende

Glühwürmchen vor. Die Tante Elly und der Onkel Heinz aus Frankfurt, die Tante ist die jüngste Schwester von Mama, kommen gern zu uns, schon wegen des Weins und weil sie bei uns mehr zu essen bekommen als in der Stadt. Sie haben keine Kinder, und die tadelnden Blicke der Tante, wenn ich in meinem Essen rumstochere, sind mir mehr als unbehaglich – ich mag sie nicht sehr.

„Ich find, daß Kinner sich bei Tisch benehme müsse", rügt sie mich, was Mama und Papa nicht so genau nehmen.

Da ist mir Onkel Heinz lieber, wenn er am Klavier sitzt und mit entrücktem Blick, mit viel Tremolo und Pedal aus der „Götterdämmerung" oder dem „Parsival" von Wagner spielt, da geht es mir durch und durch. Sie lieben „ihren Führer" heiß und innig, und manchmal, wenn Mama sich mit ihrer Schwester über den Gegenstand ihrer Vergötterung in die Haare kriegt, schnappe ich Sätze auf, wie: „Wenn du net mei Schwester wärst, dann tät ich dich anzeiche!"

Aber Mama läßt sich von ihrer Schwester nicht ins Bockshorn jagen. „Mach nur net so ei Gedöhns um den Kerl", kontert sie zurück.

Jeden Morgen vor der Schule kommt das kleine Malchen, das Jüngste einer großen Kinderschar aus der Nachbarschaft, und darf einen Extrabecher Milch trinken, weil, wie Mama sagt, „es doch so ein armselig Stümpchen ist". Die Familie ist sehr arm, und nun muß auch noch der Vater, unser bester Weinbergsarbeiter, in den Krieg. Papa werden als Ersatz zwei Fremdarbeiter zugeteilt, „unsere" Franzosen.

Jeden Morgen holt er die beiden Kriegsgefangenen im Schulgäßchen ab, wo sie in einem Hotel ihr Lager haben. Unbeaufsichtigt dürfen sie nicht zu uns kommen, sie könn-

ten ja fliehen, was sie dann später auch mit Papas und meiner großen Schwester Hilfe taten.
Ganz kahlgeschoren, bis auf ein paar armselige Stoppeln, hat man die beiden, den Maurice und den Jean. Manchmal nimmt Papa die beiden heimlich mit hinauf in sein kleines sogenanntes „Herrenzimmer“, wo sie zusammen am Radio sitzen und ein Gläschen Wein genießen. Für ihn geht Mitmenschlichkeit über Menschenfurcht.
An einem Tag sehe ich, wie dem Maurice dicke Tränen übers Gesicht laufen. Dabei summt er leise ein Lied vor sich hin. Es ist die „Marseillaise“, die französische Nationalhymne, wie mir Papa erklärt. Ob er wohl so großes Heimweh hat, überlege ich erschrocken. Die Mama sagt mir, dem Maurice sei ein guter Kamerad gestorben, deshalb wäre er so traurig. Meine Schwester Agnes ging mit ein paar Schulfreundinnen auf den Kirchhof, damit er nicht „so ganz allein“ beerdigt würde, meint sie. „Jetzt weint sich in dem entfernten Frankreich wieder eine Mutter die Augen aus“, sagt Dati bekümmert. Wieviele Mütter in diesen Tagen das gleiche Schicksal haben, vermag ich mir da noch nicht vorzustellen.

Tagebuch, 26. Mai 1940: *Die schwere Not hat begonnen! Drei Nächte schon Fliegerangriffe hier und an vielen großen und kleinen Orten an der Mosel, noch mehr am Rhein. Diese Nacht waren wir zum erstenmal im Keller. Viel Nachbarschaft kam auch. Heute spricht und denkt keiner etwas anderes. Und wie lange wird das jetzt so weitergehen? In Köln, Bonn, Hamburg etc. gehen die Leute schon länger ganz früh schlafen und stellen den Wecker auf 12 Uhr. Denn dann beginnt es meist. Schauerlich sind die Einschläge nachts zu hören, noch mehr das Flakfeuer.*

Auf dieses Weihnachtsfest, es ist 1944, freuen wir uns nur mit halbem Herzen, weil unsere Jungen zum erstenmal nicht dabei sind. Mama und Papa sind sehr bedrückt, und die Betta läuft mit verweinten Augen im Haus herum. Die ganze Familie packt Pakete für die armen Soldatenjungen. Aber Kinder vermögen doch immer noch aus jedem schwarzen Tag ein Stückchen Freude herauszuholen.
Ich packe liebevoll meine paar Geschenke ein, die fast alle selbstgemacht sind. Wie immer für Mama und Papa Malbilder, die bis in spätere Jahre jedesmal große Freude bei den Beschenkten auslösten.
Ein Lesezeichen für Dati und ein paar verunglückte, schräg geratene Topflappen für Betta, die sie trotzdem mit Vorliebe benutzt.
Meine große Schwester bekommt einen Buchumschlag, weil sie so gerne liest, und die Kleinen beglücke ich mit mühsam zusammengenähten Puppenkleidchen, wobei ich mir meine dünnen Finger arg zersteche.
Nun sind wir gespannt, was trotz der armen Kriegsweihnacht noch auf unseren Plätzen liegen wird. Und die Liebe der Erwachsenen bringt immer wieder das Wunder fertig, für jedes Kind etwas auf den Gabentisch zu zaubern. Mamas „Vergeßlichkeit" an fast jedem Weihnachtstag amüsiert mich heute noch.
Sie bekommt auf einmal so einen eigentümlichen, geheimnisvollen Gesichtsausdruck. „Ich glaube, des Christkind hat noch iaschendwo (irgendwo) was vergesse!" Damit verschwindet sie im Nebenzimmer und erscheint nach einer Weile mit strahlender Miene und händigt uns noch ein paar der „vergessenen" Päckchen aus. Es war wohl auch nicht so einfach für sie, für neun Familienmitglieder, zu

denen natürlich ein paar besonders neugierige Spürnasen gehörten, immer sichere Verstecke zu finden.
Das Spielchen wiederholte sich immer wieder und gehörte zur Würze unseres Familienlebens.
Aber nun zurück zum Jahr 1944.
Gisela ist krank und liegt oben in ihrem Bett. Wie immer essen wir auch am heutigen Hl. Abend in der Küche. Es gibt Erbseneintopf, in dem man die Fleischstückchen zählen kann.
Es ist kalt und wir Kinder sehnen uns Schnee herbei. Gisela meint, den dürften wir uns jetzt nicht wünschen, für die armen Soldaten wäre der gar nicht schön. Zu soviel vernünftiger Einsicht bin ich, was den erhofften Schnee anbelangt, noch nicht fähig. Ich wünsche ihn mir trotzdem.
Da – gegen drei Uhr nachmittags, Fliegeralarm. Bomberverbände überfliegen uns mal wieder, wie so oft. Plötzlich schreit Gisela von oben: „Angriffszeichen!!"
Wir schmeißen alles hin, rasen die Treppen runter – schon kracht es, es kracht noch immer, ehe wir unten im Keller sind. Alle sind wir aus dem Häuschen, nur Mama, Papa und Gisela bleiben ziemlich beherrscht. Wären sie es nicht gewesen, dann wäre manches für uns in diesem Krieg anders ausgegangen.
Diesmal hat es die Ravenéstraße und die Moselbrücke, die nach Cond, dem Ort auf der gegenüberliegenden Moselseite, hinüberführt, erwischt.
Das ist nun unser Hl. Abend und Weihnachten, wie sich das wohl keiner vorgestellt hat. Es gab zwei Tote und viel Zerstörung.
Von dem Tag an gibt es für uns keine Ruhe mehr. Immer auf dem Sprung – Essen im Stehen und im Mantel. Wir

spüren jetzt immer mehr, was es heißt, unter Bombenterror zu leiden. Heute, am 30. Dezember haben feindliche Jäger den Bahnhof bombardiert und beschossen. Der schrill pfeifende Ton der niedersausenden Flieger geht durch Mark und Bein. Papa ist auf der Volksbank, die ganz in der Nähe des Bahnhofs ist, und wir werden fast verrückt vor Angst um ihn. Der Himmel hat ihn noch mal beschützt. Die Ravenéstraße sähe schlimm aus, erzählt er uns, als er nach dem Angriff total verdreckt und erledigt bei uns im Keller auftaucht. Er habe Gott um Schutz gebeten, daß wir uns alle heil wiedersehen, sagt er und nimmt uns tröstend in seine Arme.

Eine Völkerwanderung beginnt, viele Menschen flüchten aus der Stadt hinaus auf die Dörfer, wo sie glauben, noch sicherer zu sein. Wo aber sollten wir mit unserer großen Familie hin? Ich hätte mich um alles in der Welt auch nicht von den Meinen trennen lassen.

Und es war beschlossene Sache, daß wir zusammenbleiben, solange es möglich ist. Ich habe furchtbare Angst und traue mich kaum noch aus dem Haus, richtiger gesagt, aus dem Keller.

Agnes ist viel couragierter und holt schon früh am Morgen unsere Milchration beim Milchmann Walter an der Moselstraße in einer Blechkanne ab. Es gibt Bezugsscheine, für die es aber so wenig gibt, daß man mehr oder weniger verhungern kann. Und die Milch ist so dünn, daß sie wie eine bläuliche Brühe aussieht, oder schon sauer. Trotzdem versteht Betta daraus noch eine köstliche Milchsuppe zu kochen.

Um Dati muß man sich Sorgen machen. Sie ist so krank und noch abgemagerter, als sie so schon ist. Sie friert erbärmlich, trotz ihres mit Kaninchenfellen gefütterten Man-

tels. In ihrem schwachen Körper scheint sich kaum noch Lebenskraft zu befinden. Sie schreibt in ihr Tagebuch: *Aus diesem Tagebuch wird wohl nichts mehr werden. Ich bin seit zwei Monaten so krank, kann mich kaum aufhalten. Alles geht auch ohne mich weiter. Werde wohl hiermit schon Schluß machen. Gott segne und erhalte euch, die ich liebe.*
Aber sie war zäh, so zäh wie die ganze Wagnerfamilie. Am 30. April 1944 steht in ihrem Tagebuch: *Und nun ging das Leben doch weiter. Von Weihnachten an konnte ich mit viel Üben nach und nach doch wieder auf sein. Vor Ostern ging ich wieder in mein Gärtchen, erst mal nur gucken.*
Meine große Schwester, die schon ihr Pflichtjahr auf einem Bauernhof in Xanten absolviert hatte – da gab es harte Arbeit von fünf Uhr früh bis um zehn Uhr abends – ersetzte nun zu Hause eine männliche Arbeitskraft. Sie besaß viel Mut und Zivilcourage, wie sich später noch zeigen sollte.
Auch sie hielt die Zeitereignisse in kurzen, knappen Worten fest, während mein Tagebuch überschwappt von fast ausschließlich schwärmerischen Ergüssen eines aus den Kinderschuhen schlüpfenden, halbwüchsigen Mädchens. Wie fühle ich mich hin- und hergezerrt zwischen der Skala sämtlicher Gefühlsschwankungen von Unverstandensein, Traurigkeit, Freude, Wut, grenzenloser Angst und Liebe zu den Meinen.
Gisela schreibt am 31.12.1944, Silvester: *Ich hab aber wirklich mehr kalt Blut als die andern alle. Es ist nicht nur äußerlich. Mit Ika und Agnes war ich heute früh auf der Höhe, wir sahen die Fliegerangriffe auf die Umgegend, standen am Waldrand und wagten erst nicht, nach Hause zu laufen.*
2. JAN. 1945: *In der Silvesternacht haben wir kaum geschlafen. Jede Stunde kreiste ein Tiefflieger und jagte uns durch Schüsse*

und Abwürfe aus den Betten. Nun schlafen alle im Keller auf Brettern, die über die Fässer gelegt sind. In der Stadt ist alles erregt und nervös. Viele flüchten in die Umgebung. Gestern morgen hat eine Luftmine auf der Jahnstraße die evangelische Schule mit Lehrer Meffert getroffen. Bei klarem Himmel stand ich im Garten und sah das Silberding herabtrudeln.

13. FEBR. 1945: *Wir haben die ganze Gegend durchstreift auf der Suche nach Verstecken. Wir hören deutlich das Schießen. Franz unterhält sich mit unseren Franzosen.*

15. FEBR.: *Der Himmel klar, man kann Tag und Nacht nicht aus dem Keller heraus. Ginge es nur mal schneller, daß nicht alles kaputtgeschmissen wird bei uns. Die Mosel steht zu allem Elend auch so hoch, die Keller können dort nicht benutzt werden, so ist unserer überfüllt. Ich halte es für sehr gefährlich, daß Franz jetzt schon hierbleiben will. Es wird noch Wochen dauern, das ist zu lang, um ihn jetzt schon zu verstecken. Man hört doch immer wieder, wie Fanatiker solche „Deserteure" sofort standrechtlich erschießen.*

18. FEBR.: *Ika ist 10 Jahre alt. Franz wieder weg. Die Franzosen haben heute bei uns Nachrichten gehört, prächtige Menschen! Im Stillen denke ich, ob Franz nicht schon in der Felswand bleibt ohne unser Wissen. Wo mag er sonst sein? Die Amis kommen nicht schnell genug.*

20. FEBR. 45.: *Ich bin 21 Jahre alt, ein ruhiger Tag.*

27. FEBR.: *Morgen verschwinden Franz und Heinz* (ein Nachbarsjunge) *endgültig. Auch die Franzosen spielen bald eine Rolle.*

4. MÄRZ 45.: *Trier ist besetzt, wir warten noch drauf. Die Franzosen brachten heute ihre Vorräte. Papa und ich gingen mit ihnen, um auch für sie einen Unterschlupf zu suchen. Es wird romantisch und interessant, wenn nur alles gut geht.*

„Ich brauche keine Millionen, ich brauch' keinen Pfennig zum Glück, ich brauche weiter nichts, als nur Musik, Musik, Musik ... und noch eine große Kleinigkeit, bist du, bist du, bist du, du, du, du ... "

Ich muß lachen, ach ja, damals, Peter Kreuder mit seinen „Millionen", die Franz so schön auf dem Klavier spielte. Beim Lesen von Datis Tagebüchern tauchen all die Schlager und Schnulzen wieder aus der Versenkung meines Inneren auf.
Den ganzen Tag trällern meine Schwestern und ich mit Begeisterung: „Du hast Glück bei den Frau'n, Bel ami", – wobei ich mir unter dem „Bellamie", wie ich das Wort verstehe, einen schönen, schwarzhaarigen jungen Mann vorstelle, einen Traummann für die Fantasie junger Mädchen. Eigentlich singe ich die Lieder meiner großen Schwester nur nach, die eine wahre Leidenschaft für die Schlager erfaßt hat. Sie hängt dauernd am Radio, wo sie sie von Willi Forst und anderen gesungen hört.
Aber ein Lied hat es mir besonders angetan, alle meine Schulfreundinnen singen es mit großer Vorliebe. Es ist so furchtbar schön traurig, daß ich es immer wieder mit sehr gemischten Gefühlen und Vorstellungen singe. Das Lied von dem armen Polenmädchen:

„In einem Polenstädtchen, da wohnte einst ein Mädchen, das war so schön. Es war das allerschönste Kind, es war ein Polenkind. Aber nein, aber nein, sprach sie, ich küsse nie!"

Ich habe nie verstanden, warum sie nicht küssen wollte und warum sie jetzt tot im Teich lag. Mit meinen zehn Jah-

ren verstehe ich von diesen Liebesgeschichten noch nichts. Dati ist über soviel „Kitsch" ganz entsetzt. Es gäbe doch „Vernünftigeres", das wir singen könnten, meint sie.
Die gute Tante, die sonst so viel Verständnis für alles aufbringt!
Aber sie hat in ihrem Leben nie mal so richtig über die Stränge schlagen dürfen, oder auch nicht wollen. Ihre feine Erziehung im Moritz-Haus hätte solche „Entgleisungen" nie zugelassen.
Wir dagegen können uns in vielen Dingen sehr frei entfalten. Unsere Eltern sehen in diesen Schlagern keine Gefahr für uns. Sie wissen, daß so manches davon nur ein Übergangsstadium ist.
Die zunehmende Bedrängung des Kriegs sorgt von allein für die Beendigung unserer Lieder.
Von England her fliegen die Bomberverbände stundenlang mit dumpfem, unheimlichem Brummen über uns hinweg. Papa sagt besorgt: „Hört doch, ist das net schrecklich? Wo die jetzt hinfliejen un ihre Bomben abwerfen, die arme Leut!"
In der Schule werden uns vom Lehrer stolz und pathetisch die „Siege der glorreichen deutschen Wehrmacht" verkündet. Der Geschichtsunterricht besteht fast nur noch aus der Anzahl der versenkten Schiffe „unserer Feinde", aus der Völkerwanderung und der Verherrlichung der germanischen Rasse mit ihren Göttern. Diese Götter sind eigentlich ziemlich dekadente Wesen und nicht als Vorbilder anzusehen, meint Mama.
Jedenfalls langweilt mich das alles ungemein, und ich zeichne lieber, unterm Pult versteckt, Karikaturen meiner ungeliebten Lehrer und deren geliebter germanischer Götter, zur heimlichen Belustigung meiner Schulfreundinnen.

Ich werde aufgerufen und habe natürlich nicht aufgepaßt, was der Lehrer gefragt hat. „Setz dich, du Biest!" Solche „vornehmen" Anreden sind Umgangssprache einiger fanatischer Lehrer ihren „untergebenen" Schülern gegenüber. Die „Herrenrasse" kann sich das erlauben, erst recht gegen die „Untermenschen", die noch nicht mal auf ihr Leben ein Recht haben.

Zu Hause wird der Geheimsender gehört. Hier erfahren wir die Wahrheit, das, was wirklich geschieht.

Dichtgedrängt, mit den Ohren ans Radio gepreßt, sitzen die Großen mit Spannung da, um nur nichts zu verpassen. Ich höre das dumpfe „ta, ta, ta, ta, hier spricht London!" „Sei still, dat is England! Et darf aber keiner wisse, dat mir dat höre", tuschelt Papa uns zu. Um alles in der Welt hätte ich niemand etwas gesagt, ich begreife, daß die Nazis unsere Feinde sind. Vor Thiele, unserem Nachbarn, müssen wir uns sehr in acht nehmen, er hat Papa ja schon einmal angezeigt, damals, als er dann abgeholt wurde. Ich habe das in meinem Kinderköpfchen nie vergessen. In der Schule bekommen wir auch zu spüren, daß wir Kinder von Eltern sind, die nicht „dafür" sind. Die Verhetzungen der Nazis wirken bei uns nicht. Nur mein Bruder Bernhard möchte so gern „dabeisein." Er will vor den anderen Jungen nicht gerne zurückstehen. Als er in den Krieg muß, legt sich seine Begeisterung. Er schreibt verschlüsselte Briefe, zwischen den Zeilen sind mit Salzwasser geschriebene Botschaften, die über einer brennenden Kerze entziffert werden können. Wir finden das wahnsinnig aufregend, und Papa muß aufpassen, daß das Blatt Papier nicht über der Flamme verbrennt. Heute weiß ich allerdings nicht mehr, was er unseren Eltern mitgeteilt hat. Jedenfalls muß „das kleine Bernhardchen", wie Betta sagt, schon mit seinen sechzehn Jah-

ren, noch kaum der Kindheit entwachsen, wie so viele seiner Spielkameraden, als tapferer deutscher Soldat in einen sinnlosen, wahnwitzigen Krieg gehen.
Da steht unser Vater in seinem grünen Lodenmantel, mit all den anderen alten Männern, die zum Westwall müssen, zum Schippen. Gegen diesen unsinnigen Befehl „von oben" hat er sich nicht wehren können, trotz aller Gesuche seines Bankdirektors. Neben ihm steht mein Zeichenlehrer, Herr Schmelzer. Er hat die gleiche Gesinnung wie Papa. Seine gütigen, mit Lachfältchen umgebenen Augen flößen mir Vertrauen ein, vor ihm brauche ich in der Schule keine Angst zu haben.
In meinem Hals sitzt ein dicker Kloß, an dem ich zu erstikken glaube. Wir wollen unseren geliebten Papa nicht gehen lassen. Wir können von all dem nichts begreifen. Mama nimmt „ihren Josef" mit Tränen in den Augen fest in die Arme: „Behüt dich Gott und komm bald wieder". In dieser Nacht darf Ika, unser Jüngstes, in Mamas Bett schlafen. Und sie, die immer so stark sein muß, weint sich in Papas Bett die Augen aus.
Am nächsten Tag schreibe ich meinem Papa einen Brief:

> „Lieber Papa! Hoffentlich seid ihr gut angekommen. Du hast Dein Bruchband vergessen, weißt du das? Wo seid ihr jetzt? Wenn Flieger kommen, werf dich irgendwo hin, daß sie dich nicht sehen. Schlaft ihr in Betten?
> Um Bubi bräuchten wir uns keine Sorgen zu machen, er käm schon gut durch. Viele herzliche Grüße und Küsse von deiner Ria."

Meine Gedanken schweifen zurück, zu der Zeit, als wir noch kleiner waren. Solange ich denken kann, trägt Papa

den grünen Lodenmantel. Er trägt ihn in guten und schweren Zeiten, er trägt ihn noch bis kurz vor seinem Tod im Jahr 1962. „Ich brauch nix neues, für mich is dä gut jenuch“, war sein Kommentar, wenn Mama ihm gerne mal einen neuen Mantel gekauft hätte. Einen anderen hätte ich mir an ihm auch nicht vorstellen können. Dazu gehört auch sein dunkelgrüner Hut mit der silberfarbenen Seidenkordel, der vom ewigen „Hutabnehmen“ beim Grüßen der Leute auf der Straße ziemlich verbogen und abgegriffen aussieht.
Verwundert und ein bißchen ehrfürchtig gucke ich, wenn er bei der Kirche und an jedem Kreuz mit einer demütigen, leichten Verneigung andächtig seinen Hut abzieht. „Warum machst du dat, Papa?“ frage ich. „Da drin in der Kirch is unser Herrgott, un den muß man jenauso freundlich grüßen, wie andere Leut!“ So war Papas Denkweise.

Ein Glanzpunkt ist für uns ein Besuch in seinem Büro in der Ravenéstraße. Erst rufen wir unter seinem Fenster im Chor: „Paaapaaa!!“ Wir drei Kleinen schreien so laut, daß er gleich darauf hinausschaut und uns mit vergnügtem Augenzwinkern zuruft: „Na, dann kommt mal rauf, ihr Stroppesse!“ Freudig flitzen wir nach oben und holen uns durch die Schalteröffnung einen Begrüßungskuß, der immer so schön nach Wacholderbeeren schmeckt, die er häufig kaut, weil die so gesund sind, wie er sagt.
Mir imponiert besonders sein Stehpult. Wenn er so davor steht und schreibt, bin ich richtig stolz auf meinen Papa. Ich habe längst raus, daß er als Prokurist dort auf der Bank eine wichtige Position hat und von vielen Leuten sehr geachtet wird. Aber wieviel Stunden er sich in seinem Leben vor diesem Pult schon die Beine in den Bauch gestanden

Volksbank

hat, um seine große Familie ernähren zu können, das weiß ich in meiner kindlichen Naivität natürlich noch nicht. Es ist viel später – im Krieg.

Eine qualvolle lange Zeit kommt keine Post mehr von Franz. Aber dann, eines Tages, liegt da ein Feldpostbrief vor der Korridortüre. Er lebt noch, unser Bubi! Diese Freudenbotschaft dürfen wir drei Kleinen überbringen. Papa, der lange nicht mehr gelacht hat, schmeißt uns jubelnd der Reihe nacheinander in die Höhe. So froh ist er!
Und wieder geht die Warterei weiter, Tag um Tag, Woche um Woche – Bangen und Hoffen auf Post. Freude und Erleichterung, wieder Bangen und die Frage, leben die Jungen noch?

Die Zeitungen sind prall gefüllt mit Siegesmeldungen über die Vernichtung des Feindes, und den verlogenen Reden von Hitler, Göbbels und Konsorten. Ich höre, wie Papa wütend zu Mama sagt: „Wat die do schräiwe, is doch alles jeloche (gelogen)!“
Betta zerschneidet grimmig mit einem großen Küchenmesser den ganzen gedruckten Schwulst von Unwahrheiten in kleine, viereckige Blätter, die sie dann zum Poabputzen ins Klosett an einen Haken hängt.

Es ist im Herbst 1942, da bekomme ich eine schwere Diphtherie, an der vor vielen Jahren unser Schwesterchen starb. Uns gegenüber, im kleinen „schiefen Haus“, das wegen seines schrägen Dachgiebels so genannt wird, ist die kleine Tochter des Lederwarenhändlers Faber auch daran erkrankt.

An einem Morgen höre ich oben in meinem Bett einen schrillen und langanhaltenden Schrei von Frau Faber: „Lieselchen, Lieselchen!“ Ich ängstige mich und rufe nach Mama. „Ich glaub, dat Lieselchen is duut, die Frau Faber hot su schrecklich laut jeheult.“ Das Kleine war gerade erst vier Jahre alt geworden, genau wie unser Lisabethchen.

Mama durchlebt in dieser Zeit von neuem tausend Ängste. Sie packt mich in ihr großes Bett, wo ich mich unter dem dicken Federbett sehr geborgen fühle und gar nicht so sehr spüre, wie krank ich bin. Papa wird wegen der Ansteckungsgefahr aus dem Zimmer verbannt.

Tag und Nacht wacht Mama an meinem Bett, bis ich dank der frühzeitig eingesetzten Spritzen vom Doktor Kandels bald wieder über den Berg bin. Aber mein junges Herz ist stark geschädigt, und ich darf in der Schule nicht mehr mitturnen, was mir eigentlich ganz recht ist.

Denn Sport wird jetzt ganz groß geschrieben, auf höheren Befehl von Hitler, weil, wie er sagt, „die deutsche Jugend hart wie Kruppstahl“ zu sein hat. Unser Turnunterricht gleicht nun einem Wettbewerb für Olympiasieger. Im Stadion in der Conder Mark, der weite Marsch in der Sommerhitze bis dorthin bedeutet schon eine Strapaze für sich, müssen wir, von schrillen Trillerpfeifen des Turnlehrers angespornt, laufen, springen und Speerwerfen. So einen ehrgeizigen Quatsch will ich nicht mitmachen, weil ich keine Sportsgröße werden will. Die unfreiwillige Pause durch die Krankheit enthebt mich diesem Drill.

Die kleinen Wachstuchhefte, die so viele Jahre stumm in ihrem Versteck gelegen haben, sprechen auf einmal solch eine deutliche, laute Sprache, daß mir beim Lesen von manchen Seiten angst und bange wird. Ich bin wieder in der Zeit, die wohl die schrecklichste in meinem und Millionen anderer Menschen Leben war.

Die Erde scheint sich nicht mehr weiter zu drehen. Die Minuten, Stunden, Tage und Wochen dehnen sich in die Länge, und das Ende des Schreckens liegt noch weit weg.

Ich muß mein Zimmer räumen für die Einquartierung, die in ständigem Wechsel kommt und geht. Es paßt mir nicht ganz, weil ich bei meiner großen Schwester schlafen muß. Die ist mit mir, dem heranwachsenden Backfisch, manchmal so unduldsam. Ich fühle mich unverstanden und reagiere auf jeden schiefen Blick und Tadel sehr empfindlich. „Du empfindlich Sprietz!“ heißt es dann. „Sprietz“ bedeutet dünn, und ist, soviel ich weiß, eine Erfindung der Familie. Es gibt Worte, die sich weiter vererben, von denen niemand weiß, wo sie herkommen.

Mit unseren Soldaten hatten wir Glück, fast alle hatten die gleiche „Antenne“ wie wir. Da ist der Josef aus Graz, der so schön malen kann und mir einen Mädchenkopf zeichnete, den ich bis heute aufbewahrt habe. Und der Fritz aus Sachsen mit seiner eigenartigen Sprache, die uns so fremd ist, den wir aber gern mögen, weil er so lustig ist mit uns Mädchen.

Und dann der kleine Junge mit den blonden Haaren, wir nennen ihn Bubi, weil er unserem Franz, bis auf die Haarfarbe, so ähnlich sieht.

Aber unser liebster Freund ist der Leo aus Kärnten, um seine Gunst reißen wir uns alle. Für ihn sparen wir die besten Leckerbissen vom Mund ab. Als er gehen muß, vergießen wir viele Tränen. Seinen letzten Zigarettenstummel, den er beim Abschied geraucht hat, wickele ich sorgsam in Seidenpapier ein und bewahre ihn in meinem „Geheimkästchen" auf.

Die Bedrohung aus der Luft wird nun auch für uns immer akuter. Stundenweise sitzen wir jetzt tagsüber im Keller, über uns das tiefe Brummen der Geschwader, die ab und zu ein paar Bomben auf die umliegenden Ortschaften, wie Sehl und Klotten, fallen lassen. Dazu kommt die Angst vor dem donnernden Getöse der V1-Geschosse, die in der Eifel abgefeuert werden, um in England ihr Werk der Zerstörung anzurichten.

Die unheimlichen Dinger sind unberechenbar, und oft genug detonieren sie mit heftigem Knall irgendwo in unserer Nähe.

Mehrere Male konnte ich die mit einem Feuerschweif versehenen, zigarrenförmigen Raketen über uns hinwegfliegen sehen.

Wir bekommen nun den totalen Krieg, den Göbbels in seiner Rede im Berliner Sportpalast am 13. Februar 1943 gefordert hat, in all seiner Grausamkeit zu spüren.

Noch heute habe ich die Stimme des dämonischen Selbstdarstellers im Ohr, wie er mit seiner wiegenden Sprechmelodie, der salbungsvollen, beschwörenden, zum Schluß der Rede vor Haß geifernden Stimme, die Menschen aufputscht: „Wollt ihr den totalen Krieg? Wollt ihr ihn, wenn nötig, totaler und radikaler, als wir ihn uns heute überhaupt vorstellen können?" Ein frenetisches „Ja" der aufge-

hetzten Massen gellt aus dem Rundfunkgerät in unsere Ohren.
Neue Einquartierungen sind angekommen, der witzige, Klavier spielende Soldat Koch aus Mainz, der kurioserweise von Beruf auch Koch ist, und der vornehme, liebenswerte Kammersänger Herr Herold, der so gern Schubertlieder singt. Und als Krönung der Dreierrunde unserer Künstlersoldaten findet der „Teufelsgeiger“ aus Wien den Weg in unser Haus. Unser Gustl Swoboda – Mama sagt, daß sie ihn so lieb wie einen eigenen Sohn hat – ist Konzertmeister der Wiener Symphoniker unter Furtwängler. Er ist unglücklich, in den Krieg zu müssen, er, der sein Leben nur für die Musik leben will, und er ist froh, in unser Haus gekommen zu sein.
Wir zerschmelzen vor Rührung, wenn er auf Bernhards einfacher Geige, die unter seinen Händen wie eine Stradivari erklingt, selbstvergessen, mit geschlossenen Augen eine Solosonate von Bach oder die von uns Kindern so geliebten „Ballszenen“ von Hellmersberger spielt, weil da sein Geigenbogen mit für uns so faszinierender Geschwindigkeit über die Saiten gleitet. Eine bessere Welt tut sich auf, eine Welt ohne Haß und Zerstörung.
Es wird eine schöne Zeit für uns, wenn man das in den letzten Kriegsmonaten so nennen kann. Für mich weniger, der große Meister hat an meinem Klavierspiel viel herumzumeckern, was mich zum Platzen bringt. Mein Tagebuch strotzt nur so von Wutausbrüchen.
Er will dem kleinen Moselmädchen beibringen, wie man richtig Klavier übt. Diese Erkenntnis kommt mir aber erst später, als ich 1949 in Mainz mein Musikstudium beginne. Jetzt jedenfalls fühle ich mich sehr ungerecht behandelt, vor allem von Mama, der es sonst ganz egal ist, ob ich das

„Weihnachtsglöckchen" oder sonstige Schnulzen spiele oder Mozart und Beethoven.
Der Abschied von unserem Geigerfreund kommt genauso überraschend, wie bei all den anderen Soldaten. Wie er sich weinend von Mama und Papa verabschiedet, tut er mir aber doch leid.
Papa schenkt ihm ein selbstgemachtes Gedicht mit sechs Strophen – es beginnt so:

Im Lärm des Krieges lernten wir uns kennen,
ein gut Geschick hat dich daher geführt,
wir suchten nicht, doch war in uns geboren,
der gleiche Geist, aus Innerstem gekürt.

Am Schluß heißt es:

„Die Sonne sinkt, und Nacht verschlingt dein Gehen."

Papa war in seinem tiefsten Inneren ein Romantiker und er fand in Gustl sein Gegenstück.
Noch lange gehen Briefe zwischen ihnen hin und her. Später, nach dem Krieg, schreibt er von seinen Konzerttourneen, auf denen er mit großen Dirigenten durch viele Länder der Erde gereist ist.
Heute habe ich einen freundschaftlichen Briefkontakt mit dem „Teufelsgeiger" aus Wien, der damals das kleine Mädchen von Cochem begeistert, aber auch so geärgert hat.

Die Nacht, die Papa in seinem Gedicht gemeint hat, bricht immer mehr über uns herein. Abends trauen wir uns kaum noch ins Bett zu gehen. Meistens liege ich angekleidet im Bett –, sprungbereit –, ein Köfferchen mit für mich wertvollen Dingen gepackt griffbereit daneben.

Manchmal kann ich von meinem Dachfenster aus über der Klotter Flur „Christbäume“ sehen, das sind Angriffszeichen der Flieger, bevor sie ihre Bomben abwerfen. Die ich sehen konnte, die gelten Koblenz, das wie andere Städte, auch arg mitgenommen wird.
Bei Voralarm sitzen wir mit Mama und den Tanten unten in Kiefers Küche. Für Papa, der zusammen mit Gisela oben die „Stellung“ hält, ist es beruhigend zu wissen, daß wir von dort aus bei Hauptalarm schnell im oberen Keller sind.
„Kummt, ma bäde de Rusekranz (Rosenkranz). Gegrüßedzeist du, Maria,“ – mit angstvoller Stimme betet die alte Frau, während über uns die englischen Bomber hinwegdonnern.
Wir beten immer lauter und heftiger, vielleicht auch, um das Dröhnen über uns zu übertönen. „Bitte für uns Sünder, jetzt und in der Stunde unseres Todes. Amen.“ Millionenfach lauert der Tod in Deutschland und an allen Kriegsschauplätzen, jeden kann es treffen.
„Heilije Maria Mutter Goddes, Horcht doch, wie die stuße, die hon aber schwer jelade!“ kommt zwischendrin die besorgte Feststellung von Frau Kiefer, und dann, in immer höher geschraubtem aufgeregtem Tonfall: „Hailije Maria Mutter Goddes ... hailije Maria Mutter Goddes ...“ wir können, trotz unserer eigenen Ängste, das Lachen nicht halten, ein energischer Knuff von Betta, „Wollt ihr wohl offhöre!“ Es ist aber auch gar zu komisch, das „hailije Maria Mutter Goddes!“
Am Tonfall der Flieger können wir wirklich erkennen, daß sie schwer geladen haben, wie wir das nennen. Und wir hören auch genau, wenn die Flugzeuge über uns kreisen, Papa kommt von oben runter gerannt und ruft: „Schnell in

den Keller, die hon wat vor!“ In rasender Flucht sausen wir runter.
Unten auf der Straße bollern aufgeregte Menschen mit ihren Fäusten an die Kellertüre: „Macht die Tür off, macht off!“ Papa ist im Dunkeln der Schlüssel runtergefallen, so schnell kann er ihn nicht finden. Gott sei Dank, da ist er! Das war aber brenzlig.
Es gibt in der allgemeinen Verwirrung auch Situationen, die einer gewissen Komik nicht entbehren.
Mit flatternden Haaren, ohne Strümpfe und nur einen Mantel über das lange Nachthemd geworfen, rennt Osters Maria, die jetzt zu unserer Belustigung Morgenschweiss heißt, jammernd in unseren Keller: „Ich kann mein Schuh net finde, wat soll ich nur mache? Die Fliejer waren su schnell do.“ Mama beruhigt sie und gibt ihr eine Wolldekke.“ „Damit könne sie ihr Füß solang einwickle, bis der Alarm vorbei ist.“ Die gute Frau Oster, sie hat uns jedes Jahr am Fastnachtsdienstag, wenn wir als „Bäuerchen“ verkleidet unseren Korb voll Kartoffeln bei ihr zum „Kauf“ anboten, einen Berg von Süßigkeiten hineingetan. Die waren für uns damit gewiß nicht verwöhnten Kinder eine Rarität. Und weil danach der Aschermittwoch kam, sparten wir uns diese Schätze in einer Dose bis Ostern auf.
Noch spät hat sie ihren Oskar Morgenschweiss geheiratet, einen rothaarigen, kräftigen und gutmütigen Mann. Heimlich haben wir unseren Spaß, wenn wir beim Nennen des Namens das „w“ auslassen. Laut haben wir uns das doch nicht getraut, der „Spaß“ wäre in den Augen unserer Erwachsenen zu weit gegangen. Der jetzige Name bringt ihr schon so manchen Spott ein. Lange hat sie von ihrem Oskar nichts gehabt, er ging ihr allzu früh ins Grab.

An einem Abend, es ist der 16. September 1942, wir sitzen gerade beim Abendessen um den Wohnzimmertisch versammelt, hören wir auf einmal dumpfes Fliegerbrummen über uns. Es hat keinen Alarm gegeben, also brauchen wir uns auch nicht zu beunruhigen. Papa meint: „Dä hat sich sicher verflogen." Trotzdem erfaßt mich eine unerklärliche Angst. Bisher sind wir noch verschont geblieben. Ich sitze mit meiner Schwester auf der Klavierbank, mit dem Rükken zum Fenster hin. Meine Furcht steigert sich so, daß ich nicht mehr weiteressen kann. Eine böse Vorahnung kriecht wie eine Riesenkrake mit ihren vielen Fangarmen an mir hoch und hält mich fest im Griff.
Wir können deutlich hören, daß das Flugzeug zurückkommt. Im gleichen Augenblick lassen gewaltige Detonationen unser Haus erzittern, Fenster samt Verdunklung stürzen mit einer dicken Staubwolke ins Zimmer auf uns herein. Schreiend rennen wir in Panik die Treppen hinunter, übereinander stolpernd in den oberen Keller, von dem aus eine Falltreppe hinunter in den großen Weinkeller führt. Aber da gibt es ein Hindernis – vor Schreck wie gelähmt, steht die alte Frau Kiefer mitten auf den schmalen Eisenstiegen und versperrt den Weg. Das Chaos ist unbeschreiblich – wir Kinder springen mit einem Satz über sie hinweg in den unteren Keller. Kurzerhand packt Papa die arme Frau und trägt sie hinunter.
Zitternd und heulend sitzen wir zusammengedrückt und warten voll Angst, was weiter kommt.
Wir hatten Glück gehabt, unmittelbar vor und hinter unserem Haus blieb eine Schneise der Zerstörung zurück und viele Tote unter den Trümmern.
Wir haben den Tod von „Tante Lieschen" zu beklagen, einer kleinen, lieben, etwas verkrüppelten Cousine von Dati.

Die nahm uns oft mit in das entzückende, winzige Liliputstübchen mit dem wunderschönen Blick auf die Mosel. Wo vorher schöne alte Häuser standen – jetzt rauchende Trümmerhaufen. Und da drunter soll das kleine Tantchen liegen, vielleicht noch nicht tot? Die Vorstellung ist für mich unfaßbar und schrecklich. Von dem Tag an läßt sich die Angst aus unserem Leben nicht mehr verscheuchen. Bei jedem Flugzeuggeräusch rasen wir in den Keller.
Mit großen Pomp und Parteiaufgebot werden die Toten auf dem Endertplatz aufgebahrt und mit einer bombastischen Rede des Kreisleiters als „deutsche Helden“ geehrt. Die Hakenkreuzfahne wird ihnen als „Gruß des Führers“, dem sie ihren „Heldentod“ zu verdanken haben, auf die Särge gelegt. Mit dem „Deutschlandlied“, der „Fahne hoch“, und „ich hatt' einen Kameraden“ werden sie feierlich, zwischen einem Wald von Hakenkreuzfahnen, in großer Prozession durch die Straßen über den Marktplatz hinauf zum Friedhof getragen. Selbst das schreckliche Sterben der Menschen wird in ein deutsches Heldenepos umgedichtet. Verlogenheit auf allen Gebieten!

> „Ich fühle mich so frisch,
> es kommt der Frühling!“

Dieses Zitat, das Hitler am 14. 2. 1942 von sich gegeben hat, steht auf einem der vielen Flugblätter der Alliierten, die Papa heimlich gesammelt hat. Darin liegt soviel Zynismus, angesichts des Unheils, das er anrichtet. Auf der Fotomontage des Flugblattes sieht man Adolf Hitler, den „geliebten Führer“ des deutschen Volkes, großspurig, mit satanischem Grinsen, mitten in einem Leichenberg gefallener Soldaten stehen.

Außer unseren Franzosen werden uns noch zwei politische Gefangene, die auf der Burg Cochem inhaftiert sind, für die Weinbergsarbeiten zugeteilt. Der Rudolf und der Anton sind sehr mager, sie bekommen da oben wohl nicht genug zu essen. Ich habe raus, daß einer aus der Nähe von Siegburg stammt, er ist ein verhaßter Kommunist. Später, nach dem Krieg, da besucht er uns mit einem dicken Lebensmittelpaket, zum Dank für Papas heimliche Hilfe während der Zeit seiner Gefangenschaft.

Ein Tag ist mir in Erinnerung – es ist heiß, meine Schwester Agnes und ich bringen zusammen mit Papa einen Eintopf für die beiden Gefangenen hinaus in den Weinberg unterhalb der Burg. Mir tun die armen Gefangenen leid, und ich freue mich, daß ich ihnen etwas bringen darf. Aber reden dürfen wir nicht mit ihnen, hat Papa uns eingeschärft. Das sind „Volksverräter", sagen die Nazis. Aber ich habe doch schon bemerkt, daß Papa heimlich mit ihnen flüstert. Die beiden Männer schwingen die Hacken tief in den steinigen Schieferboden hinein. Ihre mageren Oberkörper sind schweißbedeckt. Jetzt – Papa geht zu ihnen hinüber und sagt etwas, ich kann es deutlich sehen. Die beiden tun aber so, als ob sie weiterarbeiteten. Plötzlich ertönen laute scharfe Kommandostimmen von der Schloßmauer herunter: „Unterlassen sie sofort das Reden mit den Gefangenen, sonst knallt's!" Zwei Wachen, die von oben die Gefangenen beobachten können, richten ihre Gewehre drohend nach unten. Die machen das wirklich, denke ich angstvoll und verstecke mich. Aber unser Vater läßt sich nicht im geringsten von „denen da oben" einschüchtern: „So, un wie soll ich dene dann zeigen, wat se tun sollen, wenn ich nix mit ihnen schwätzen soll? Könnt ihr mir dat vielleicht mol sagen?!" höre ich ihn wütend nach oben brüllen. „Ihr verdammten Dreckskerle!" Das quetscht er aber vorsichtshalber leiser durch die Zähne, da wäre ihm eine Kugel wohl doch gewiß gewesen. „Von denen lasse ich mir doch nicht das Maul verbieten!" schimpft er zu Hause. „Josef, sei doch um Gotteswillen ein bißchen vorsichtiger!" sagt Dati bestürzt. Sie hat Angst um ihren Bruder, und die ist, weiß Gott, nicht unberechtigt, wie sich später zeigt.

> „Ich bin der Krieg und töte jeden. Ich mache mich nicht selbst, mich machen die Menschen."

Das ist der Ausspruch eines zehnjährigen Mädchens, den ich irgendwo gelesen habe, er beschäftigt mich sehr, „... mich machen die Menschen". Nie werde ich begreifen, warum es Kriege gibt. Mir fällt ein Ausspruch von Bertolt Brecht ein: „Es gibt Krieg und keiner geht hin." Warum stehen nicht alle auf und sagen, daß sie da nicht mitmachen? Gibt es immer wieder Menschen, denen das Morden Spaß macht? Die Entwicklung der Menschheitsgeschichte bestätigt dies.
Sirenengeheule – pfeifende im Sturzflug herunterstoßende Tiefflieger, Krachen der Bomben. Überall Flammen und brennende Häuser. Ich stürze in den Keller – die Treppe will kein Ende nehmen, wo ist die Kellertüre? Wo sind die anderen? Wo ist Papa? Immer wieder überfällt mich dieser Alptraum, das Grauen hat sich tief in meinem Innern eingeprägt.
Der 5. Januar 1945, der Tag vor dem Dreikönigstag, ein Freitag, wird der unheilvollste, schwärzeste Tag für unser schönes Städtchen. Seit Stunden sitzen wir schon zusammengepfercht mit den vielen anderen angsterfüllten Menschen im Keller. Bomberverbände dröhnen ohne Unterlaß

über uns hinweg. Wir hoffen und beten um Verschonung. Es ist so gegen Mittag, die Zeit spielt keine Rolle mehr, da bricht das Inferno über uns herein – Dröhnen – ein Rauschen, als wenn sämtlich Orkane der Erde auf uns zubrausten – Bombengeprassel – schützend werfe ich die Arme über meinen Kopf, als ob mir das helfen könnte, wenn es uns trifft. Verzweifelt klammern wir uns an Mama und Betta. Der Höllenspuk scheint kein Ende zu nehmen – Menschen kreischen in Panik. Verschüttet werden, eine entsetzliche Vorstellung! Wir Kinder haben unseren Platz am mächtigen Mittelpfeiler unseres alten Kellers, Papa sagt, da wären wir am meisten geschützt. Einzelheiten sind aus meinem Gedächtnis entschwunden. Ich weiß nur um die Todesangst und den Gedanken, daß ich sterben muß. Aber wir sind noch einmal davongekommen.
Als alles vorüber ist, wagen wir uns nach draußen. Wolken von Staub und ein Flammenmeer schlagen uns entgegen, Menschen laufen irr vor Verzweiflung umher. Ganz in der Nähe sehe ich eine tote Frau liegen, ihre Glieder sind verrenkt, verdreht, verstümmelt, vom Luftdruck weit geschleudert. Ich bin 14 Jahre, das ist meine erste Begegnung mit dem Tod in seiner ganzen Grausamkeit des Krieges. Entsetzt renne ich in den Keller zurück. Der Tod hat reiche Ernte gehalten unter den Bewohnern der Stadt, aber auch unter den sich auf dem Rückzug befindenden Soldaten, die in Kolonnen auf der Moselstraße vorbeifahren.

Dreht sich die Erde noch, geht sie ihren gewohnten Lauf? Geht die Sonne noch auf und unter? Wir wissen nichts mehr, spüren nicht mehr Raum und Zeit. Aber die Erde dreht sich ungerührt über das Schicksal ihrer Bewohner

weiter, ungerührt über eine Menschheit, die sich ihre Kriege selber macht.
Nie ist Menschlichkeit größer, als in Zeiten tiefster Not. Spontan hilft jeder, der noch dazu in der Lage ist. Wir müssen Platz machen, enger rücken für ein Kind, das kein Zuhause mehr hat. Ich bin eifersüchtig, weil Mama besonders nett zu der Irmgard ist und ihr manchmal besondere Happen zusteckt. Ich finde das ungerecht. Mama hält mir vor, daß die doch alles verloren hätten und wir schließlich wenigstens noch ein Dach über dem Kopf besäßen. Ein bißchen schuldbewußt fühle ich mich da dann doch.
Am 7. Januar 45 schreibt Gisela: *Sonntag. Ich muß es mir aber jedesmal krampfhaft überlegen. Seit Freitag weiß man nicht Tag noch Stunde. Die Katastrophe war noch nicht das Ende der Vernichtung in Cochem. Die Kirche ist zerstört, zwei Meßdiener tot, überall Verwüstung, ganze Straßenzüge verschüttet. Dazu die Brände, die man nicht löschen konnte, weil das Wasser in den Schläuchen von der Mosel her einfror. Auch konnte niemand aus der Stadt zum Feuerwehrhaus in der Endert gelangen, weil auf der Eisenbahnbrücke vor dem Tunnel ein Munitionszug getroffen war. Der Tod hat reiche Ernte gehalten in Cochem. Der Zug der Obdachlosen reißt nicht ab. Die Moselortschaften laufen über von Menschen aus Cochem. Man lebt in Kellern. Ich helfe, wo ich kann, fahre mit der Karre Sachen nach Ernst. Hüte das Haus, während Betta und Dati mit den Kindern in den Felsenkeller unter der Burg laufen, wo sie sich sicherer fühlen. Wenn unsere Jungen und alle, die die Stadt gerne mochten, wüßten, wie es jetzt hier aussieht! Trostlos, keine Post geht weg, keine kommt. In der Endert ist unter den vielen Toten auch meine Schulkameradin Irma unter den Trümmern.*

10. JANUAR 45 – *Wieder ein Angriff mit weiteren Schäden und Toten.*

Das Ende naht – Franz versteckt sich

Es war ein bitterkalter Tag im Februar 1945, an den ich mich noch so genau erinnere, als sei er erst gestern gewesen.

In der Küche steht noch die Zinkbadewanne, und Betta leert sie mit einem Stieltopf im Spülbecken aus. Franz hat eben gebadet, und seine verschmutzte Soldatenkleidung liegt auf dem Boden herum. Nun sitzt er, mit frischer Unterwäsche bekleidet, am Küchentisch und schlürft begierig eine Tasse heißen Malzkaffee. Mit wunden Füßen, durchgefroren und nach stundenlangem Fußmarsch durch die verschneite Eifel, kommt er erschöpft wieder nach Hause zurück, nachdem er, nach ein paar Tagen Heimaturlaub, dort in der Eifel seine Einheit nicht mehr angetroffen hat.

„Dä Bubi is widder do!" jubeln wir. Im Gesicht von Mama, das in letzter Zeit so schmal und sorgenvoll aussieht, zeigt sich ein Freudenschimmer. Ihr Junge ist ihr, vielleicht nur für eine kurze Weile, noch einmal neu geschenkt worden in diesen schrecklichen Tagen, wo so viele seiner Kameraden und Freunde ihr Leben lassen müssen.

Später erzählt mir mein Bruder, was ihm sein Vorgesetzter, ein Offizier, bei seiner Beurlaubung gesagt habe: „Franz, passen sie gut auf sich auf und bleiben sie gesund. Leben sie wohl!" Er habe nicht „Heil Hitler" gesagt, wie das sonst immer üblich und selbstverständlich auch Befehl war. Franz glaubte, der habe ihm zu verstehen geben wollen, daß er abhauen solle.

Nun stehen wir alle um ihn herum, froh, daß er da sitzt und bei uns ist. Mama, Papa, Dati, Betta, Gisela und wir drei „Kleine". Nur der Bernhard ist nicht dabei, von dem wissen wir schon länger nichts mehr. Wir genießen alle den Augenblick der Wiedersehensfreude. Franz wird von uns Schwesterchen mit vielen Fragen bedrängt, wir können noch gar nicht so richtig die Gefahr einschätzen, in der er sich befindet. Nur die Erwachsenen wissen, daß er nicht bleiben kann, auf keinen Fall hier im Haus.
Da schellt es lang anhaltend an der Korridortüre. Erschrecken auf allen Gesichtern. „Pssst, seid ganz still!" flüstert Papa. Instinktiv wissen wir, daß Gefahr droht. Mama, die wie immer in Gefahrensituationen unglaublich beherrscht ist, geht die paar Stufen zur Tür hinunter. Noch heute höre ich, wie sie ganz ruhig mit einem Mann spricht, ich höre, wie sie sagt. „Nei, wir wisse auch net, wo der Franz is, wir hawe nichts mehr von ihm gehört, da kann ich ihne leider auch kei Auskunft gewe."
Inzwischen hat Papa das Küchenfenster aufgerissen, und Franz springt mit einem Satz hinaus in den Hof, von dort die Hoftreppe hinauf in den Garten, wo er sich im Heuspeicher neben dem Gartenhäuschen versteckt.
Blitzschnell packt Betta den Soldatenmantel, die Stiefel und sämtliche übrigen Kleidungsstücke und schmeißt sie in hohem Bogen in den Hof hinaus. Vor Schreck wie erstarrt, stehen wir Kinder dabei – was geschieht hier mit Franz? All das geht so geschwind, daß wir nichts begreifen. Mama kommt, am ganzen Leib zitternd, in die Küche zurück. „Des war der Wachtmeister von Franz, ich hab gedacht, jetzt ist alles aus", sagt sie, noch mühsam nach Fassung ringend. Diese schlimme Überraschung war auch für Mama zuviel. „Die hawe ihn bei seiner Einheit vermißt und

wollde wisse, wo er wär. Ich hab gesacht, des wüßte wir leider auch net. Ich mußt ja lüche, was hätt ich mache solle? Der Herrgott wird mir's verzeihn, weil ich's für Franz getan hab." Ich glaube, daß dies die erste Lüge meiner Mutter in ihrem ganzen Leben war. Jedenfalls hat sie es so überzeugend getan, daß der Wachtmeister ihr glaubte. Später erfahre ich, wie fanatisch und gefährlich der Mann war, er hätte bei Verdacht Franz sofort ausgeliefert. Und was auf Fahnenflucht stand, wußte man ja.

Von dem Tag an verschwindet Franz von der Bildfläche. Sein Mantel, der sonst immer im Flur an der Garderobe hängt, ist nicht mehr da. Verwundert frage ich Mama: „Wo ist der Bubi?" „Ach, der ist wieder fort," gibt Mama ausweichend zur Antwort. Aber so ohne Abschied, das kann ich mir von meinem Bruder nicht vorstellen, er hätte wenigstens „Tschüß" gesagt.

Die Großen haben Angst, wir könnten uns verplappern, wenn wir die Wahrheit wüßten. Aber ich merke, daß da etwas nicht stimmt. Gisela geht jetzt öfter am Abend mit einem gepackten Rucksack aus dem Haus. Obwohl sie möglichst leise verschwindet, wenn es dunkel wird, schnappe ich doch die warnenden Worte von Papa auf: „Sei nur vorsichtig!" und „Laß dich net erwischen!" Er ist besorgt um seine große, mutige Tochter, aber er selbst durfte das Risiko nicht eingehen, ihm hätte man eine Hamstertour am Abend nicht geglaubt. Wo geht Gisela nur hin, frage ich mich. Bestimmt nicht hamstern, das macht sie doch am Tag, obwohl das dann wegen der Flieger auch sehr gefährlich ist. Agnes, die gewitzt ist und der nichts entgeht, kommt der Sache mit Franz auf die Spur. Sie entdeckt auf einem Regal im Rumpelzimmer, das von uns so genannt wird, weil außer Vorräten auch noch viel

Gerümpel herumsteht, eine Gebäckdose. Sie wird neugierig, warum die hier wohl steht, obwohl sie schon vor Weihnachten mit Gebäck gefüllt, wie in jedem Jahr, an die Front geschickt wurde. Der Bernhard hat auch so eine Dose bekommen. Wieso steht Franz' Dose hier, obwohl er weg ist? Sie fragt Papa, weil sie in ihrem kleinen schlauen Köpfchen etwas „spitz"gekriegt hat: „Papa, sag mal, wieso stieht däm Bubi säin Plätzchensdos im Rumpelzimmer, wo is dä dann? Is dä hier?" Papa merkt, daß er seine kleine Tochter nicht belügen darf. Er sagt eindringlich, fast streng: „Hör mal zu, Agneschen, du weißt von garnix was, und du hast auch nix gesehn, verstehst du mich?!" Und das Agneschen hat keinem was gesagt, auch mir nicht. Unser Vater kann sich auf seine Kinder verlassen. Irgendein Instinkt in uns warnt uns, unsere Eltern nicht zu verplappern.

Viel später erfahre ich Einzelheiten über Franz Desertion. Da, wo sich die Endertstraße durch das romantische Enderttal in einer steilen Kurve bis zur Landkerner Endert hinaufwindet, da, genau in der Kurve, steigt ein schroffer Berg in die Höhe. Er ist so steil und unzugänglich wie fast das ganze Gebiet in dieser Gegend und ein idealer Ort zum „Untertauchen".
Auf geheimen Wanderungen haben Papa und Gisela schon Wochen vorher nach Verstecken Ausschau gehalten, auch für die Franzosen und die „Politischen". Im Dunkeln schleppt Papa Bretter dort oben in die Felsen hinauf, immer wieder rutscht er in den glatten Felsen ab. Zusammen mit Franz baut er eine Hütte, die so stabil sein muß, daß sie auch Stürme überstehen kann. Der Winter ist noch nicht vorbei, und keiner weiß genau, wie lange der Krieg

noch dauern kann. Das Überleben in dieser Zeit wird schwierig.
Manchmal, wenn meine Schwester durch die dunklen Wälder über Bäche und steinige Wege steigt, sie wagt nicht die Landstraße zu benutzen, sieht sie öfter schattenhafte Gestalten durchs Dickicht schleichen. Hier hat jeder Angst vor dem anderen. Keiner weiß, sind es Häscher oder solche, die den Wahnsinn auch nicht mehr mitmachen wollen? Sie alle versuchen wie Franz, hier in den Bergen zu überleben. Es sind arme Kerle, die in einen Krieg befohlen wurden, den sie bestimmt nicht gewollt haben. Gisela, die keine Taschenlampe benutzen darf, denkt sich, daß es vielleicht die Franzosen sind. Oder auch der Rudolf und der Anton, die beiden „Politischen". Sie ist jung und couragiert, vermischt mit Abenteuerlust. Außerdem weiß sie genau, daß die zwei Jungen da oben auf sie angewiesen sind.
Einmal wurde ihr aber doch ganz schön mulmig. Sie ist gerade mit ihrer Last auf dem Rücken durch die Stadt bis zum Tunneleingang in der Endertstraße gekommen, da heulen die Sirenen – Voralarm! „Ich muß weiter, nur weg hier aus dem Tal, die suchen den Tunnel, weil da die Transportzüge mit Munition durchfahren," denkt Gisela und rennt mit dem schweren Rucksack, in dem sich hauptsächlich Kartoffeln befinden. Sie rennt, stolpert, rappelt sich wieder hoch und betet: „Lieber Gott, laß mich hier durchkommen!" Es ist noch ein gutes Stück bis in den Wald hinein. Schweißgebadet ist sie, läuft am Bach entlang, der nicht enden will. Jetzt – Hauptalarm – und schon ist das Brummen der schwerbeladenen Bombergeschwader über ihr zu hören. Bis zum Bunker ist es noch zu weit – es bleibt ihr keine Zeit mehr zum Überlegen, ein furchtbares

Rauschen erfüllt die Luft, ihr ist, als stürze der Himmel ein. Pfeifen und Zischen der Bomben, Detonationen, die Erde bebt. Es ist die Hölle! In den Straßengraben gepreßt, denkt Gisela, es sei ihr Ende!
Wieder einmal, wie schon so oft, haben sie den Bahnhof und den Tunnel angegriffen wegen der Munitions- und Nachschubzüge.
Wie sie in den Wald hinaufgekommen ist, das weiß sie nicht mehr. Gisela weiß nur, daß sie zu den Jungen da oben im Fels durchkommen muß. Bei Franz ist noch der Heinz aus der Nachbarschaft. Die Mutter, eine Witwe, wollte ihren einzigen Sohn zum Schluß nicht noch für den „Endsieg" opfern, an den fast keiner mehr glaubt, außer ein paar Fanatikern.
Die Jungen haben in ihrem Versteck ein kleines mit Batterie betriebenes Radio, womit sie den Vormarsch der Amerikaner verfolgen können. Bis zu uns in die Stadt hinunter hören wir das dumpfe Grollen der Artilleriegeschütze. Für uns sind das Freudentöne, und die meisten fiebern und beten: „Hoffentlich sind die Amis bald hier!" Papa meint: „Es wird höchste Zeit, dat se kommen, sonst sprengen die braunen Verbrecher uns zum guten Schluß noch mit Mann und Maus in die Luft!"
Gisela macht weiter ihre gefährlichen Nachtwanderungen, während wir Kinder mit den Tanten und Mama fast nur noch im kalten Keller sitzen. Ich habe schreckliche Angst um Papa, wenn er nach einem Angriff nach oben geht, um nachzusehen, ob keine Brandbomben gefallen sind. Die Zeit spielt keine Rolle mehr, und kaum einer weiß, welch ein Tag gerade ist. Die dauernde Anspannung und die Furcht vor Angriffen zerreißt unsere Nerven, und die feuchte Kälte des Kellers, die bis ins innerste Mark ein-

dringt, tut ihr übriges dazu. Tagelang kommen wir nicht mehr aus den Kleidern heraus, man kommt sich so schmutzig vor. Grippe und Durchfall grassieren, es erwischt alle – egal, ob jung oder alt. In einer verborgenen Ecke des Kellers sitzt alle paar Minuten einer auf dem Eimer und krümmt sich vor Bauchschmerzen. Papa rennt wegen „Platzmangels" häufig in großer Eile auf Kiefers Klo. Viele ausgelaugte, übermüdete Soldaten, die auf dem Rückmarsch sind, suchen bei uns Unterschlupf und einen Teller warmer Suppe, die Betta in einer Kochkiste jederzeit für die armen Schlucker, wie sie sagt, bereit hat. Und Papa spendiert ein Gläschen Wein, von dem wenigen, den die Nazis nicht beschlagnahmt haben.

Ich lege das Tagebuch in den Schoß und mache kurz eine Pause. Es wird mir fast unerträglich und quälend, die vergangene Zeit wieder heraufbeschworen zu haben. Mein Blick fällt auf einen alten Spiegel, der mir gegenüber in einer Wandnische über einem winzigen Waschbecken hängt und starke Zeichen des Alters zeigt. In dem fast blinden Spiegelglas glaube ich wie durch einen Nebelschleier, das stille, gütige Gesicht meiner Tante zu sehen. Lächelt sie mich an? Hier hat sie sich morgens, bevor sie mit ihren behutsamen Tritten die Treppen herunterkam, ihre schönen, dichten Haare zu einem kunstvollen Geflecht aufgesteckt. Ihre Geduld mit uns ist grenzenlos. „Dati, hal mich fest, dat ich net runnerfall von de Stelze!" Geschrei von allen Seiten. Stets ist Dati sprungbereit, wenn wir im Garten oben „Stelzenlaufen" üben. Ich bringe es zu einer fast an Artistik grenzenden Fertigkeit, mit den hohen Dingern die vielen steilen Treppen durchs Haus hinunter bis auf die Straße mit lautem Gepolter zu stelzen. Die stolze Krönung

dieser artistischen Darbietung ist, auf nur einem „Stelzenbein" zu hüpfen, was neidisch-bewundernde Blicke der Kinder anzieht, die keines dieser von allen so begehrten Objekte haben.
Weg mit den so schönen Erinnerungen an die unbeschwerten Kinderjahre!
Ich muß noch einmal zurück in das Grauen der Kriegsjahre, um mit meiner Lektüre zum Ende zu kommen.
Es ist alles so anders geworden in mir, in uns allen. Wir sind herausgeworfen aus dem Vertrauten, der wärmenden Geborgenheit unserer Kinderwelt. Wir sind aus dem Paradies für immer vertrieben. Meine Heimatstadt ist durch einen irrwitzigen Wahn zerstört worden. Alles, was Sicherheit bedeutet hat, ist in nichts zerfallen. Ich verkrieche mich in mein Schneckenhaus. Alle meine Freundinnen sind weg und ich stehe, wie nicht dazugehörig, zwischen meiner großen Schwester und den beiden Kleineren. Unsere Nerven sind dünn wie ein Seidenfaden, und ich streite viel mit Agnes, die auch in die Flegeljahre kommt. Das Kind hat aber mehr Mut als ich, sie geht allein nach Sehl am frühen Morgen einkaufen, weil es in Cochem nichts mehr zu holen gibt. Es ist ein gefährlicher Gang für meine jüngere Schwester, Tiefflieger sausen über sie hinweg, sie muß sich hinwerfen, Maschinengewehre knattern. Manche Menschen hat es so erwischt. Später, als ich sie danach frage, meint sie, Angst habe sie schon gehabt, aber einer hätte ja die Familie versorgen müssen. Zu all dem Elend kommt nun noch Hochwasser hinzu.
Unser Keller ist total überfüllt, weil die Bewohner der Moselstraße in ihre nicht mehr hinein können. Es gibt kein Trinkwasser mehr. Aber aus unserem Felsen im Keller sikkert ein ewiger Quell, eine sogenannte „Brunnenstube".

Geduldig stehen die Leute Schlange, um das kostbare Naß in ihren Eimern aufzufangen. Wir sind in einer bedrängten Lage. Unsere Stadt ist ein wichtiges Angriffsziel für die Bomber der Alliierten. Britische und amerikanische Flugzeuge beherrschen beinahe uneingeschränkt den Himmel. Der Bahnhof als Nachschubbahnhof und der Kaiser-Wilhelm-Tunnel sind Hauptanlaß für die Angriffe auf unsere Stadt. Oben über unserem Elternhaus, im Gymnasium auf dem Berg, ist eine Frontleitstelle. Aus diesem Grund sind die vielen Soldaten hier in Cochem stationiert. Es gibt kein Entrinnen aus dem Hexenkessel. Schneestürme machen den Elendszügen der Flüchtlinge schwer zu schaffen. Bei den gejagten Menschen gibt es nur einen Gedanken: Weiter, nur weiter, sich irgendwo in Sicherheit bringen.

Ich sitze heulend vor Schmerzen mit einer scheußlichen Kiefernvereiterung im kleinen Felsenverlies und drücke mir einen Kamillenbeutel auf die Backe. „Es kommt vom Hunger“, sagt später der Doktor. Ich sehe Mamas Gesicht an, daß sie am liebsten mitheulen würde. Sie kann mir nicht helfen, es gibt keinen Arzt mehr in der Nähe. Nach dem Krieg fahren wir alle mit der Fähre hinüber nach Cond zum Doktor Sebastiani, der uns alle der Reihe nach behandelt.

Um mich zu trösten und abzulenken, versuche ich mit dikken Fausthandschuhen verpackt, die mir meine Schwester Gisela im Norwegermuster gestrickt hat, ein Bild von der armen Genoveva und ihrem Söhnchen Schmerzensreich zu malen, deren Schicksal mir durch Datis dramatische Erzählungen immer so nahegegangen ist. Trotz der Misere befindet sich in meinem eigenen Innern etwas, das mich zum Schönen, Kreativen antreibt. Es wird kein berühmtes

Werk, meine Finger sind zu klamm und der Malblock zu winzig. Papier ist Mangelware.
Trotz der Fliegerangriffe müssen noch Kellerarbeiten gemacht werden. Gisela ersetzt hier einen Mann beim Flaschenschwenken und Weinabfüllen, der in diesem Herbst unter großen Schwierigkeiten geerntet wurde.

„Maria, breit den Mantel aus,
mach Schirm und Schild für uns daraus,
laß uns darunter sicher stehn,
bis alle Stürm vorübergehn . . .

So beten und flehen die Frauen, sie beten fast ununterbrochen, eingewickelt in dicke Tücher und Decken – die ganze Nacht. Mit verzweifelten, gläubigen Herzen bestürmen sie den Himmel,

„bis alle Stürm vorübergehn!"

Am 25. Februar 1945 schreibt meine Tante: *Immer weiter so – die Darmerkrankung ist ja glücklich vorüber, hat aber eine große Schwäche zurückgelassen. Dauernd Keller voll Leute, alle sorgen für ihr Leben. Eine Rede Hitlers: Der Krieg ginge in diesen Tagen sicher zu Ende und zwar siegreich für uns. Also freudig aushalten! Dabei stehen die Amerikaner mit ihren Truppen vor Trier, das zur Festung erklärt ist, also zerstört wird von uns, und sonst überall nicht viel mehr als 40 km vom Rhein entfernt. Vom Osten, ebensoweit von Berlin, stehen die Russen. Worauf wir noch hoffen sollen? Auf das neue Mittel, das alle Flugzeuge herunterholen soll?*
Das ist aber noch nicht das Ende des Schreckens. Bis auf wenige wie wir, bleibt niemand mehr in der zertrümmerten Stadt, die wie fast ganz Deutschland in diesem Krieg vor

die Hunde geht, durch Hitlers maßloser Selbstüberschätzung, Brutalität und Größenwahn.
Auf einem Felsenvorsprung unterhalb der Burg, steht weithin sichtbar das „Pitterskapellchen“ (Peterskapelle), die kleine, weiße Pestkapelle aus einer Zeit, wo die damalige Cochemer Bevölkerung die Not der furchtbaren Seuche erlebt hat. Von dort oben zeigt sich die Landschaft in ihrer ganzen lieblichen Schönheit, und faszinierend bietet sich der Anblick des massiven Felsgebirges der gegenüberliegenden Brauselay, die sich durchaus mit der Loreley messen kann. Nur hat diese keine schifferverführende Nixe zu bieten wie der besungene Felsen am Rhein, statt dessen steht mitten im Fels eine weithin sichtbare leuchtende Madonnenfigur, als Mahnmal für den Tod eines Jungen. In diesem Felsengeklüft, wo die Gebirgsjäger während des Krieges ihre waghalsigen Kletterübungen veranstalteten, da stürzte vor vielen, vielen Jahren ein Junge beim Versuch, seine Schwester zu retten, die sich verstiegen hatte, tödlich ab. Sein kleines Grab existiert noch heute auf dem Friedhof in Cond.
Weiter schweift das Auge den großen Bogen der Mosel entlang, bis hin zu den Orten Sehl und Kloster Ebernach, das eine Anstalt für Geisteskranke war. Mich erschreckten die lallenden, unartikulierten Laute der Kranken, wenn wir dort in der Kapelle zu Weihnachten die prächtige, große Krippenlandschaft bestaunten.
Steigt man den Berg höher hinauf bis zu Dreikreuzen, entdeckt man an den Ufern des sich übermütig, graziös windenden Flusses die Ortschaften Ernst und Valwig. Weiter dahinter, in einer Kurve, liegt nicht sichtbar, Bruttig. Wie eine dunkle Wolke schiebt sich plötzlich drohend die Vergangenheit vor den Blick des heiteren Betrachters. Was

sind das für lange, graue Menschenkolonnen, die dort am Moselufer entlang, den weiten Weg bis nach Bruttig getrieben werden? Was geschieht im stillgelegten Tunnel zwischen Bruttig und Treis? Hört niemand die gellenden Schreie von gequälten, gefolterten Menschen dort aus der Tiefe nach draußen dringen? Will denn niemand etwas hören und sehen? Später erfahre ich die grausame Wahrheit. Nicht irgendwo – weit weg, ein Konzentrationslager, nein, hier in unserem lieblichen Moseltal befand sich die Hölle für hunderte von polnischen, russischen und vielen anderen „Politischen" und Kriegsgefangenen.
Es heißt, daß dort im Tunnel die ferngesteuerten Raketen V1 und V2 gebaut wurden. Auf Himmlers Befehl wurden die Gefangenen dort der „Vernichtung durch Arbeit" zugeführt. Die Ausführung dieses teuflischen Befehls besorgten willige Schergen des Regimes hier im Lager in aller Gründlichkeit. Es gab aber auch heimliche Hände in der Bevölkerung, die versuchten, die Not der Gequälten zu lindern. Dieser dunkle Fleck in der Geschichte meiner Heimat wird nie mehr ganz wegzuwischen sein.
Es ist sehr, sehr kalt. Morgen für Morgen laufen wir eilig durch den Burgfrieden in unseren Unterschlupf im Felsenkeller. Wir tragen die Last von mehreren Hemden, Hosen und Pullovern auf unseren mageren Körperchen. Der Hauch unseres Atems gefriert sofort beim schnellen Lauf durch die Gassen, und wir sehen wie kleine Greise aus mit unseren bereiften Haaren und Augenbrauen. Durch einen Weinberg klettern wir in das winzige Gewölbe, in das mit Mühe nur fünf oder sechs Personen hineinpassen. Wir fühlen uns als Schicksalsgemeinschaft und sitzen nun wie junge, verängstigte Vögel eng aneinandergekuschelt und

warten und hoffen darauf, daß der Tag möglichst ohne Bombenabwürfe ein Ende nehmen möge.
Bei Einbruch der Dunkelheit wagen wir es, unser Schlupfloch zu verlassen und im Eilschritt heimzurennen, soweit dies bei den streng verdunkelten Häusern möglich ist. Nach einem Abendbrot torkelte ich oft schlaftrunken vor Müdigkeit hinauf in mein Kellerbett auf den Weinfässern. Unser Keller ist meistens überfüllt. Viele Soldaten suchen Schutz darin, manche schlafen auch oben in der Küche neben dem Herd, der noch mit Holz aus unserem Wald geheizt werden kann, das Gisela in harter, mühevoller Arbeit herunterschleppt. Manchmal helfen wir „Kleinen" auch dabei mit. Neugierig lausche ich, wenn Gisela sich mit den Soldaten unterhält, und es ärgert mich richtig, daß sie soviel älter ist als ich und wichtige, ernste Gespräche mit ihnen führen kann. Mit mir machen sie nur Spaß, weil ich noch ein halbes Kind bin. Ich höre, wie der große Blonde, der, der jeden Tag mit seiner Schreibstube im Kinderwagen zu uns kommt, zu meiner Schwester sagt: „Fräulein Gisela, ich habe nie an einen Gott geglaubt. Aber jetzt, nach all dem Schrecklichen, was ich in diesem Krieg erlebt habe, meine ich, daß es vielleicht dort oben doch einen Gott gibt. Sonst lebte ich wohl nicht mehr, denn immer wieder kam ich im letzten Moment aus der Todesfalle heraus." Wie unterschiedlich doch der Glaube bei den Menschen ist. Die einen verlieren ihn angesichts von soviel Leid. Wo soll da Gott sein, wenn er das alles zuläßt? Die anderen finden ihn in den dunkelsten Stunden ihres Lebens wieder, da spüren sie seine Nähe. Viele Soldaten betäuben sich mit Wein, weil sie den ständig drohenden Tod und den verdammten Krieg vergessen wollen, nach dessen Ende sich die meisten von ihnen sehnen. Insgeheim glauben die we-

nigsten an einen „Endsieg". Das lesen wir aus vielen Antwortbriefen auf unsere an die verschiedensten Kriegsschauplätze verschickten Päckchen heraus.
Die Kirche liegt in Trümmern, und die noch verbliebenen Menschen unserer Stadt verlangen nach einem Kirchenraum, wo sie ihre Verzweiflungen und Sorgen hintragen können. Mein Vater bietet unser Wohnzimmer an und erhält von Kaplan Hauth dazu die Genehmigung. Der Kaplan, der am Vorabend zum Dreikönigsfest mit den beiden umgekommenen Jungen Robert Mattar und Walter Laux in der Kirche verschüttet war, bleibt nach diesem Schock nur noch oben im Enderttal, wo er in der Schaustenmühle für diesen Stadtteil den Gottesdienst hält. Unter den Trümmern der Kirche finden meine Eltern mit Gisela zusammen noch brauchbare Dinge, wie Meßgewänder, Altardecken, Kelche usw. Jeden Morgen findet nun ein Requiem für die Toten von Cochem statt. Unser Wohnzimmer füllt sich mit Menschen, die mehr oder weniger von diesem schrecklichen Krieg betroffen sind. Manche Soldaten sind darunter, mit vom Krieg gezeichneten Gesichtern. Da sitzen oder knien alte Frauen, Männer und Mütter mit ihren Kindern, die ihre Väter nicht kennen, vielleicht nie kennenlernen. Als meine kleine Schwester Ika mit ihrer Freundin Nanni Maringer zusammen mit hellen, glockenreinen Stimmen, von Betta auf dem Harmonium begleitet, „Requiem aeternam dona eis, Domine – et lux perpetua luceat eis – Herr, gib ihnen die ewige Ruhe, und das ewige Licht leuchte ihnen" anstimmen, da geht ein unterdrücktes Schluchzen durch den Raum. Heimlich wischt sich manch ein Mann, sonst des Weinens ungewohnt, über die Augen. „Requiem aeternam," verhärmte, traurige Menschen singen

und beten mit. Wenn unsere Jungen und alle, die unsere Stadt gerne mochten, wüßten, wie es jetzt hier aussieht! Behalten die recht, die sagen, daß der Mensch des Menschen größter Feind ist? Oder erleben wir gerade in dieser Zeit nicht auch das Gegenteil davon? Es gibt wohl beide Möglichkeiten in uns Menschen.

Mein Blick fällt auf Datis Bett. Die wunderschöne, aus feinstem, weißen Baumwollgarn gehäkelte Decke liegt noch darauf. Das Paradekissen mit der kunstvollen, von ihr selbst angefertigten Richelieustickerei hat mich schon als Kind mit Bewunderung erfüllt. Wie oft mußte sie das Bett hüten. Sie war manchmal so schwach, daß Mama und Papa sie oftmals mühsam die schmale Speichertreppe hinauftragen mußten. Mit Witzen versuchten wir Kinder ihr Gemüt aufzuheitern.
Die Bombennächte, der Hunger und die Kälte haben ihre Gesundheit so sehr untergraben, daß sie sich davon nie mehr ganz erholt hat. Am meisten aber nagte die Sorge um ihre Jungen, die „Kinder", an ihrem Lebensnerv. Beim Lesen tritt mir die vergangene Zeit ganz deutlich vor Augen. Es ist mir, als träte ich in ein Bild hinein, das Gegenwart für mich wird im Augenblick des Betrachtens, das aber doch schon Vergangenheit ist.
Wieviel Glück ist in solch einem einzigen Augenblick eingefangen, in dem ich den Schritt zurück zum Ursprung meines Seins mache. Dorthin, wo ich geboren wurde, wo ich Geborgenheit, Glück, Ängste und Liebe erfahren durfte. Daß ich gerade zufällig diese Eltern hatte, die uns lenkten, erzogen. Dieses Haus mit seinen Winkeln, Ecken, Treppen und verborgenen Geheimnissen, die Kinder nur

noch in solch alten Häusern entdecken können, zieht mich auch heute immer wieder in seinen Bann.
Das letzte Tagebuch meiner Tante zeigt nur noch wenige Blätter, die mir zum Lesen übrig bleiben. Mir fällt auf, daß sie dieses letzte Buch teilweise mit alten Firmenblättern ergänzt und diese eingenäht hat. Papier war damals Mangelware. Es wird Zeit für mich, wieder in die Gegenwart zurückzukehren. Aber noch bin ich mittendrin im Schrecken des Krieges, der nun zum Glück für alle Überlebenden dem Ende zugeht.
Morgens früh um halb acht liest Kaplan Ehses die Frühmesse. Um diese Zeit kommen gewöhnlich noch keine Flieger. Viele verzweifelte Leute finden sich ein, die inbrünstig um den Frieden beten. Sie sind mit ihren Herzen Gott und dem Himmel näher als jemals wieder in späteren Zeiten, wo der Wohlstand über die Menschen kam. Bevor wir nach der Messe wieder in den Keller rennen, trinkt der Priester, der immer ein wenig stottert, mit uns in der Küche Kaffee,. Der schmale, blasse Mann mit der etwas verkrümmten Nase versteht es, den Menschen in ihrer Not Trost zu geben, obwohl er selbst vor Angst fast vergeht. In unserem Familienverband fühlt er sich angenommen und geborgen und uns drei „Kleine“ hat er ganz besonders in sein Herz geschlossen.
Später, nach dem Krieg, wird die alte Kapuzinerkirche auf dem Klosterberg wieder für den Gottesdienst benutzt.
Im bitterkalten Winter 1945–46 schleppen wir Wagner-Mädchen im Herd aufgeheizte, in Wolldecken gewickelte Backsteine jeden Samstag nachmittag dort oben hinauf in die Beichtstühle der beiden Kapläne. In der Kirche herrscht jetzt großer Andrang, scharenweise strömen die „Sünder“ zum Beichten. Stundenlang haben nun die Priester mit

Sündenvergebung zu tun, so viel, wie schon lange nicht mehr. Und da sind unsere Backsteine für sie eine begehrte Wärmequelle gegen Eisklumpenfüße.

Aber zurück zu den Tagen vor der Befreiung. – Die Spannung wächst! – Ich lese, was Dati am 7. März 1945 schreibt: *Alles wieder in Schwebe. Sicher scheint nur, daß die Amerikaner Büchel* (ein Eifeldorf in der Nähe) *besetzt haben. Und nun wieder eine neue Sorge. Der Volkssturm ist aufgeboten. Papa soll heute mit den anderen nach Richtung Büchel zum Schippen. Die meisten wollen den Unsinn nicht mehr und drükken sich. Die Nazis wollen bis zum Schluß ihr Prestige halten: „Sterbend, Cäsar, grüßen wir dich!" soll das Volk, das in den Untergang getrieben wurde von einem dämonischen Wahnsinn, sagen, noch im Sterben.*

10. MÄRZ 1945 – *Anmarsch der Amerikaner. Sprengung auf der Bahn. In den Bergen von unserer Seite tolle Knallerei. Artibeschuß, daß die Wände meines Zimmer wackeln. Man geht doch noch besser wieder in den Keller. Kann noch lange dauern. Ach, wieder der kalte, dunkle Keller, schlimm für die Schwermut und die Hoffnungslosigkeit! Furchtbar das Artischießen! Und doch nicht so schlimm und erregend wie das Zischen der Bombentieffflieger über den Dächern und dann die Einschläge.*

Plötzlich um 3 Uhr der Ruf: Weiße Tücher heraushängen! Mit gemächlichem Schritt gehen zwei Amerikaner, anscheinend Schwarze, hier durch unsere Straßen, nach weißen Tüchern sehen und daß alle Haustüren für sie offen sind. Unser Bub ist mit ihnen gekommen als Führer aus seinem Waldversteck.

Von Bernhard noch keine Nachricht. Das wird lang dauern. Was wird das arme Kerlchen noch mitmachen müssen, drinnen im Reich, wenn nicht dort die Vernunft siegt und den Unsinn einstellt?

Hier sind alle Bonzen mit ihren Autos in letzter Stunde geflüchtet, nach ihnen dann alles noch gesprengt. Geblieben sind der Bürgermeister und der Polizeihauptmann. Bürgermeister scheint umgeschwenkt.

Die Befreiung

„Doch die da sind entkommen dem Sturm der Zeit, die gehen noch lange im Totenkleid."

Dies schrieb meine Tante am 14. März 45 in ihr Tagebuch. Aber sie schreibt auch einen hoffnungsvollen Satz: *Im Garten sind alle Knospen weit vor, Frühling wird barmherzig die Ruinen einhüllen.* Die Natur tut so, als ob es kein Sterben gebe.

Die Hoffnung wächst, der Amerikaner nähert sich. Köln ist schon befreit, nun kann es wohl auch für uns nicht mehr lange dauern.

Die Bonzen haben sich inzwischen längst aus dem Staub gemacht, auch der „Oberbonze", der Ortsgruppenleiter, der zur Belustigung mancher Cochemer an jedem Sonntagmorgen hoch oben auf dem Pinnerweinbergsrundweg nackt seine „Körperertüchtigungsrunden" lief. „Da kimmt dä widder met säinem braune Nackt...sch erimm jelaafe", frozzeln die paar Gegner des braunen Sonnenanbeters und riskieren heimlich einen neugierigen Blick durchs Fernglas. Der nimmt sich später in der Haft mit Gift sein Leben, wie seine Idole.

Der 10. März 1945 – es ist ein Sonntag – beginnt wie jeder andere Tag in diesen letzten Kriegstagen. Unser Wohnzimmerkirchenraum ist gefüllt mit betenden, verängstigten Menschen. Manche Soldaten sind dabei, die ihre letzte Hoffnung dort suchen. Da ist einer, der mir besonders auffällt. Er kniet in der hintersten Ecke, und seine Haltung erinnert mich an ein so schön kitschiges Kommunionsbild

chen vom Hl. Aloisius, wie wir sie damals zur ersten Hl. Kommunion bekamen. „Dat dem net de Knie wehtun“, denke ich bewundernd. Immer wieder muß ich zu ihm hinsehen. Sein entrücktes, fast leuchtendes Gesicht, wie mir scheint, das zu dem riesengroßen Bild an der Rückwand hinter dem Altar, der „Disputa“ von Raphael, mit dem majestätischen Gottvater, dem Sohn und dem Hl. Geist, und der langen Reihe von Heiligen in den Wolken und den Kirchenvätern auf der Erde blickt, fasziniert mich derart, daß ich den Unmut von Mama errege. „Guck doch net dauernd so nach hinne!“ flüstert sie mir zu. Ich schäme mich ein bißchen und versuche, andächtiger zu sein.
Nach der Messe verschwindet der geheimnisvolle Unbekannte mit Papa und dem Kaplan im Nebenzimmer. Die Türe ist nur angelehnt, und ich kann hören, wie sie leise miteinander reden. Meine neugierigen Ohren schnappen Worte auf, wie „Pater Bernhard“ und „geflüchtet aus der Armee“. Genaueres kann ich nicht verstehen. Papa sagt etwas von „hier bei uns bleiben“. Später entdecke ich ihn im hintersten Kellerwinkel, wo die Weinflaschen gestapelt sind und wo Papa mit besonderer Erlaubnis das „Allerheiligste“ aufbewahrt.
Als alles vorbei ist, erzählt mir Gisela, es sei ein Klosterbruder gewesen, der aus der Armee geflüchtet und bei uns Schutz gesucht habe. Er hatte Glück, daß an diesem Tag die Amerikaner kamen.
Die Nazis versuchen noch in letzter Minute alles zu zerstören, was den Amerikanern nützlich sein könnte, wie Brükken, Straßen und Bahngleise. Den ganzen Tag erschüttern Detonationen unser Haus bis in den Keller, alles wackelt und bebt. Die letzten Bahngleise, die noch intakt waren, fallen ihrem fanatischen Zerstörungswillen zum Opfer.

Aber des Menschen Kraft liegt in seiner Hoffnung, sie regte sich zaghaft in uns, wie ein zartes Pflänzchen aus dem noch vereisten, allmählich auftauenden Boden seine ersten Triebe vorsichtig der Sonne entgegenstreckt.
Auf einmal stürzt Papa mit dem Ruf in den Keller: „Die Amerikaner kommen – schnell – die Bettücher!" Die liegen schon längst bereit, für unsere so sehnlichst erwartete Befreiung. Jubelschreie, Rennen, Übereinanderstürzen vor Freude. Jeder reißt irgendetwas, was wie eine weiße Friedensfahne aussieht, an sich und stürzt auf die Straße. Wir schwenken unsere Bettücher, Kissenbezüge, Taschen und Handtücher in überschwenglicher Begeisterung.
Und da kommen sie – geduckt – vorsichtig mit vorgehaltenem Gewehr nach allen Seiten in jede Trümmerecke und noch intakte Haustüre schauend, es könnten ja noch ein paar Verrückte aus dem Hinterhalt schießen. Zum erstenmal in meinem Leben sehe ich schwarze Menschen, und es ist die erste Begegnung mit unseren sogenannten „Feinden", die für uns zu Befreiern werden aus einer blutigen Diktatur. Wir begrüßen sie freudig mit „Hallo!" Sie sind sehr freundlich zu uns und bedeuten uns, ins Haus zu gehen.
Auch in unser Haus schauen sie hinein. Als sie den Kirchenraum erblicken, bleiben sie ehrfürchtig stehen, „oh, a catholic church!" und gehen mit behutsamen Schritten hinaus.
„Franz – Bubi, Bubi!" Ein Schrei aus vielen Kindermündern und der glückliche Schrei einer Mutter, die endlich einen ihrer Söhne nach langen, bangen Wochen in die Arme schließen kann.

Atemlos vor Spannung hören wir zu, was Franz erzählt. Für uns Kinder eine wahnsinnig abenteuerliche Geschichte, für Franz eine Geschichte zwischen Leben und Tod.
Hoch oben verfolgen die beiden Jungen am Radio das Näherkommen der Amis. Franz zieht Zivilkleider an und macht sich auf den Weg nach oben auf die Klotter Flur. Vorsichtig schleicht er durch die Büsche und plötzlich stehen, wie aus dem Boden gezaubert, die Amerikaner vor ihm. Es ist die Vorhut der Panzerspitzen. Er ist in der glücklichen Lage, sich mit seinen guten Englischkenntnissen sofort verständigen zu können, und erläutert ihnen sein Situation. Sie lassen sich von ihm durch die Weinberge, durchs Enderttal bis in die Stadt hineinführen, ohne jegliche Schießerei. Erst auf der Moselseite fingen die letzten SS-Fanatiker von der gegenüberliegenden Seite an zu schießen. Franz sagte, der Kommandant habe ihn hinter seinen Rücken geschoben, damit ihm nicht jetzt noch etwas zustoße. Er sei sehr freundlich gewesen und habe ihn nach Hause geschickt. Dieser Mann hat sich nicht wie ein Feind, sondern als Freund verhalten.
Mama sagt zu ihm: „Wenn du mit deiner Kompanie nach Rußland wegkomme wärst, dann tätst du vielleicht jetzt net mehr lewe. Der Herrgott hat es doch gut mit dir und uns gemeint.“ Der Glaube meiner Mutter ist unerschütterlich, bis zu ihrem letzten Atemzug.
Am nächsten Tag, es ist der 11. März und mein 15. Geburtstag, wird ein Dank- und Freudengottesdienst gehalten. Viele Tränen der Freude, aber auch der Trauer über verlorene liebe Menschen werden vergossen. So viele Gefühle verschiedenster Art brechen in diesen Tagen aus den Menschen nach außen.

Franz muß sich melden, wie alle „Ehemaligen“. Wir sind traurig, daß er nun doch wieder weg muß, aber auf der einen Seite beruhigt, weil er ja „nur“ in Gefangenschaft kommt. Von Bernhard wissen wir nicht, ob er noch lebt, und das ist viel schlimmer.
Am Morgen wird er von einem freundlichen schwarzen Amerikaner abgeholt. Die ganze Familie steht an der Haustür, Mama nimmt ihren Bub in die Arme und meint: „Des wird wohl net lang dauern, dann biste wieder zurück.“ Aber es werden zwei schwere Jahre für Franz, ehe er aus französischer Gefangenschaft zurückkehrt.
Wir winken und winken, bis er zwischen den Trümmern der Herrenstraße verschwindet.
Später schreibt er, daß er mit vielen anderen Gefangenen auf einem offenen Lastwagen in abenteuerlicher Fahrt nach Frankreich abtransportiert wurde.
Für uns ist aber noch nicht aller Schrecken ausgestanden. In den nächsten Tagen sitzen wir immer wieder im Keller. Wie widerliche Wanzen haben sich die letzten Widerstandsnester im gegenüberliegenden Hunsrück festgesaugt und beschießen unsere Stadt. Es gibt noch Tote. Aber die Amerikaner machen diesem Spuk bald ein Ende. Nun fangen wir an, neu zu leben.
Tagebucheintragung der Tante: 27. MAI 1945. *Ein ruhiger Frühlingsabend. Wieder wie früher, und doch anders. Das Kriegserlebnis unserer Generation ändert auch die Menschen selbst. Wir haben nun wieder Denk- und religiöse Freiheit, wie früher. Die Fronleichnamsprozession ging wieder ungehindert. Viel Beteiligung. Die alten Lieder wurden mit Begeisterung gesungen. So viele wollen jetzt mit einer ostentativen Religiosität das Bekenntnis ihres Nazitums verleugnen. Auch fast die ganze Lehrerschaft. Ob's was nützt? Jedenfalls werden die, die die*

Juden verfolgt haben, nichts zu lachen haben. Göbbels hat sich mit seiner ganzen Familie vergiftet. Hitlers Leiche ist noch nicht gefunden, und man weiß über seinen Tod nichts Klares. Göring und Rosenberg sind auch gefangen, ich meine, Himmler auch. Die Russen schreiben: „Nach der Untersuchung gibt es für diese nur das Beil!" Ob es Teufel waren, oder auch irregeleitete Menschen?

Die Nazis müssen öffentlich kehren und andere Arbeiten tun. Eine Nazitochter soll an Führers Geburtstag noch sein Bild mit Blumen und Lichtern geschmückt haben. Eine vielleicht 18-20jährige, die wohl ihren Halbgott verloren hat oder ihm die Treue halten will, für den ihre Eltern öffentlich gewirkt haben. Der Vater muß jetzt auch schippen.

30. JULI 1945. *Familie Hein, die ersten, vielleicht einzigen übriggebliebenen Juden aus Cochem, sind heimgekehrt und haben bei uns letzten Samstag Kaffee getrunken. Ihre Verbannung war in Theresienstadt, wo es viel, viel Schweres gab. Agnes und Ika gehen gerne wieder in die Schule. Ria hat kaum einen anderen Trieb als Musik, Malen und Lesen. Aber zum Leben gehört noch viel anderes.*

Endlich Frieden

Ich löse mich wie aus einem bösen Traum, der mir das Herz bis zum Hals schlagen läßt. Nur mühsam finde ich wieder in die Gegenwart zurück. Wie durch einen Nebel dringt ein verlorener Glockenschlag zu mir hin. Das Gewitter hat sich verzogen, nur ein leises Grollen aus der Ferne erinnert noch an die Entladung der Naturgewalten, die Mensch und Tier aufgeschreckt haben.

Eine Amsel flötet in immer wieder veränderten Tonfolgen ihr zauberhaftes Abendlied, und von weither schwingt der sehnsüchtige Gesang einer Nachtigall durch das Tal. Es kommt mir wie ein Danklied vor, das die Kreatur ihrem Schöpfer singt, obwohl ich weiß, das der schöne Gesang eine ganz andere Bedeutung in der Tierwelt hat. Aber das menschliche Herz sucht sich gerne tröstliche Vorstellungen aus.

Und nun ist wieder Frieden! Frieden in einem ausgebombten, ausgebrannten Land. In einem Land, wo stumme Trauer und Verzweiflung eingekehrt sind. Es gibt keine Glocken mehr, die ein Freudengeläute anstimmen könnten. Es gibt kaum noch Kirchen, wo sie hängen und läuten könnten. Und wo noch Glockentürme stehengeblieben sind, da gibt es keine der schwingenden, weithin klingenden Friedenstöner mehr. Sie wurden von den braunen Machthabern ins Gegenteil von dem, was sie einst waren, umgegossen, in Menschenvernichtungswaffen. Und damit begann das Verderben für das ganze Land.

Wir ziehen wieder in die oberen Etagen und richten unsere Zimmer neu ein. Es ist ein herrliches Gefühl nach der langen Entbehrung, und ich lebe in einer Traumwelt mit Lesen und Malen, wobei mich mein jüngstes Schwesterlein, das das Zimmer nun mit mir teilt, nicht stört. Sie ist sehr friedfertig und erlebt ihre eigene Welt. Monatelang hockten wir wie verängstigte Vögel dicht beieinander und wagten nicht zu fliegen. Jetzt regen sich unsere inneren Schwingen, und wir Jungen versuchen den Flug in die neuerhaltene Freiheit.

Aber die älteren Menschen haben die vergangenen schrecklichen Jahre nicht unbeschadet überstanden. Papa, der immer und überall zugegen war, wenn Gefahr drohte, der mir stets ein Gefühl von Sicherheit gab, er bricht jetzt zusammen. Sein Herz hat Schaden erlitten, und wir bangen sehr um ihn.

Meine eigene Angst hat mich in den Kellerwochen derart im Griff gehabt, daß ich überhaupt nicht bemerkt habe, wie blaß und schmal Papa geworden war.

Seine eigenen Ängste um die Familie und sich selbst verschloß er in seinem tiefsten Inneren. Er wußte genau, wie gefährdet sein eigenes Leben durch die Nazis war. Es wird in diesen Tagen im „braunen Haus" in der Ravenéstraße eine Liste mit den Namen von Männern gefunden, die erschossen werden sollten. „Volksverräter", zu denen auch unser Vater gehört.

Der Schock über diese Bekanntmachung fährt uns noch nachträglich in die Glieder. „Der da oben hat schon gewußt, wat richtig is für uns", war Papas gläubiger Kommentar zu dieser Sache.

Papa erholt sich wieder, er weiß, daß er für unser aller Leben so wichtig ist. Sein Tatendrang entfaltet sich wieder. Er mobilisiert alte „politische“ Freundschaften, um einen neuen, demokratischen Stadtrat zu gründen, dem er selbst als erster Vorsitzender angehört.
Mit Begeisterung gehen wir Kinder, zusammen mit Gisela, auf die Dörfer hamstern. Gisela fühlt sich nicht sehr wohl bei der „Bettelei“, wie sie sagt. Sie mußte es lange genug in den gefährlichsten Situationen tun. Wir tauschen allerdings auch meistens einige liebgewordene Dinge, u.a. Spielsachen von uns, gegen Mehl, Butter und Milch ein. Es war aber gerade mal soviel für unsere große Familie wie der berühmte Tropfen auf den heißen Stein.
Mama schlabbern die Kleidern um den Leib, die sie früher mit ihrer etwas korpulenten Figur prall ausfüllte. Dati schleicht nur noch als Schatten ihrer selbst durchs Haus, und Betta, die durch die Sorge um ihren „kleinen“ Bernhard auch nicht mehr in guter Verfassung ist, hat die fast unlösbare Aufgabe, immer etwas Eßbares für die Familie auf den Tisch zu bringen. „Wat soll ich dann heut nur koche, ich hon doch nix dafür!“ stöhnt sie oftmals verzweifelt. Trotzdem bringt sie es immer wieder fertig, auch aus Futterrüben, die den größten Anteil unseres Speisezettels ausmachen, ein schmackhaftes Gericht herzustellen. In diesen Tagen hätte ich sogar einen Berg von dem mir so verhaßten Spinat verschlungen, wenn es ihn gegeben hätte.

„Und Frieden auf Erden den Menschen, die guten Willens sind!“

Er liegt unter den Trümmern, unser Weihnachtsengel aus der Kirche, der mit dem schönen Spruchband, das mich als Kind so nachdenklich stimmte.
Und nun haben sie ihn aus seinem Trümmergefängnis befreit und ausgegraben, Papa und andere. Er hält noch das Band mit dem Friedensspruch in den Händen. Er reicht es den Menschen entgegen, die gewiß „guten Willens" waren und doch damit nichts ausrichten konnten.
Es ist ein trauriger Engel. Ein Engel ohne Flügel. Sie liegen zerschmettert unter den Trümmern der Kirche.
Behutsam trägt ihn Papa zu uns nach Hause. Und nun steht er im Radiozimmer auf dem Tisch und wartet auf neue Flügel, die Papa ihm schnitzen will. Andächtig stehe ich vor dem Himmelsboten und lese immer wieder den Spruch: „Friede auf Erden den Menschen ..."

Wird unser Friede halten? Sind die Menschen dazu fähig? Unser Weihnachtsengel bekommt wieder wunderschöne, neue Flügel von Papa gemacht. An Weihnachten schwebt er in neuem Glanz über der Krippe, und hält allen Menschen seinen Spruch entgegen:

„Friede auf Erden!"

Sie kommen heim – humpelnd an Krücken, zerlumpt, ausgemergelt und vor Hunger entkräftet, die ersten Kriegsheimkehrer. Viele wissen nicht, wie sie die Heimat wiederfinden, wissen nicht, ob ihre Lieben noch leben.

Manch einer schellt an unserer Haustüre mit der Bitte um etwas Eßbares. „Unsere Bube finde vielleicht auch gute Leut, die ihne was zu esse gewe!" sagt Mama dann jedesmal, und bei uns scheint es tatsächlich immer wieder eine wunderbare Brotvermehrung gegeben zu haben.

Einige schleppen sich weiter in die Dörfer, wo glückliche Frauen- und Kinderarme sie umschließen und willkommen heißen daheim.
Es gibt aber auch manche, die stehen vor den Trümmern ihres Lebens und wissen nicht mehr zurechtzukommen. Sie stehen „draußen vor der Tür". Wieviel Freude und Verzweiflung liegen da nebeneinander.
Nun dürfen auch endlich wieder Heinrich Heine und Felix Mendelssohn aus ihren Verstecken hinter den hintersten Bruchreihen im Bücherschrank hervorgeholt werden. Voll Wonne stürze ich mich auf die „Lieder ohne Worte" von Mendelssohn und schwelge darin hingebungsvoll auf dem Klavier, zur großen Freude von Papa, der diese romantische Musik besonders liebt. Seine angeknackste Seele vermag sich damit wieder aufzurichten. Er gehört zu den seltenen Menschen, die im eigenen Innern immer wieder neue Lichter anzünden.
Der Frühling geht vorbei mit seinen goldübersäten Schlüsselblumenwiesen, die wir nach dem andächtig gebeteten Kreuzweg zu den Dreikreuzen am Karfeitag, dort hoch oben auf dem Berg durchstreifen. Die zauberhaften Himmelsschlüssel pflücken wir jubelnd vor Freude zu dicken Sträußen für die kommenden Ostertage.
Meine besten Freundinnen sind aus ihrer unfreiwilligen Verbannung zurückgekehrt. Es hat sich in der Zwischenzeit mit uns selbst einiges verändert. Wir sind nicht mehr die halbwüchsigen, unbekümmerten kleinen Mädchen, die fröhlich in Wald und Feld und in den Gassen von Cochem herumstreunen. Ein Stück unserer Kindheit wurde uns genommen, regelrecht gestohlen. Der Krieg hat uns auf seine Art erwachsen werden lassen.

Ich bekomme ein schwer lösbares Problem: „die Kleiderfrage". Neben meinen Freundinnen, die keine so große Anzahl von Schwestern als Anhängsel haben, komme ich mir mit meinen gewendeten, verlängerten alten Kleidern wie ein armes Aschenputtel vor. „Mama, ich hätt so gerne so en schön Kostüm, wie dat Marietta eins hat!" maule ich meiner Mutter unzufrieden vor. „Woher soll ich's dann nemme!" stöhnt die geplagte Mutter von vier aus allen Kleidern herausgewachsenen Töchtern. Tatsächlich wird eines Tages aber doch ein hübsches Kostüm aus lindgrünem Wollstoff für mich zurechtgeschneidert – natürlich wieder von meiner großen Schwester abgelegt und umgemodelt für mich. Aber ich bin trotzdem sehr stolz, jetzt ein richtiges Kostüm zu besitzen und komme mir ziemlich erwachsen vor. Ich befinde mich in einem inneren Wirrwarr, weil ich mich nicht entscheiden kann, welche von meinen besten Freundinnen denn nun wirklich meine beste Freundin ist. Ein paar Jahre später treten noch mehr gute Freundinnen in mein Leben, die mir alle, manche bis zu ihrem leider allzu frühen Tod, die Treue gehalten haben.
Aber diese gute Erfahrung konnte ich erst machen, als ich aus dem engen Kreis meiner Heimatstadt in die Fremde strebte, um dort, fern der Geborgenheit meines Elternhauses, eigene Erkenntnisse über die guten und schlechten Seiten des Lebens zu gewinnen. Aber mein innerer Kompaß zeigt doch immer in die Richtung, wo meine Wurzeln waren.

Inzwischen haben wir französische Besatzung bekommen. Die Kommandantur befindet sich im sogenannten „Burgkaffee" hinten im Schulgäßchen. Vor dem Eingang wechselt jede Stunde ein Wachposten. Ich hänge mich ziemlich weit zum Wohnzimmerfenster hinaus, um einen heimlichen Blick auf den hübschen, schwarzhaarigen Franzosen zu riskieren, der dort Wache steht. Er scheint meine angestrengten Bemühungen bemerkt zu haben und schenkt mir ein Lächeln. Ich fühle mich im siebten Himmel mit meinen 15 Jahren.

Meine kleineren Schwestern rennen begeistert an die „Mussel“, wenn der Fanfarenzug der französischen Soldaten mit „Trara“ und „tät tä“ vorbeimarschiert. Ika schwärmt entzückt: „Die blosen doch su schien!“ Aber so lange entbehrte Gaumenfreuden wie Schokolade, die wir von den Amis zugesteckt bekamen, gibt es bei ihnen nicht. Sie haben selbst nicht viel.

Mühsam schaffen Papa mit Gisela und dem alten Ebel im zerstörten Garten hinter dem Schloß etwas Ordnung, damit wir in diesen mageren Tagen dort bald Gemüse und Obst ernten können.

Nach der langen Entbehrung klettert Dati mit uns drei Jüngsten die steilen Steintreppen zu ihrem kleinen Berggärtchen oben auf dem Tummelchen hinauf, um dort ihren Beitrag zum Kochtopf zu leisten. An dieses Gärtchen schließt sich ein Weinberg an, der wegen seiner sonnigen Lage einen guten Wein bringt. Auf dem Bergrücken, dem „Tumulus“, steht ein altes Befestigungstürmchen, und Papa fand beim Graben in früheren Jahren einige Scherben von römischen Gefäßen. Voll Ehrfurcht stehe ich oft bewundernd vor diesem kostbaren Fund, den unser Vater wie ein Heiligtum aufbewahrt. Von unseren beiden Jungen hören wir nichts. Franz ist in Gefangenschaft, aber wo ist Bernhard, Bettas Liebling? Lebt er noch?

Oft höre ich Betta jammern, wenn sie am Herd steht und mühsam versucht, aus dem Nichts etwas Eßbares zu zaubern: „Ihr denkt garnet, wie gern ich mein Essen hergeben tät, wenn nur dat arm klein Bernarndchen widder do wär!" Die Ungewißheit und der chronische Hunger zermürbt alle, und Mamas Laune ist nun oft unter Null, was wir Kinder zu spüren bekommen. Noch fehlt uns das letzte Verständnis für die innere Not der Erwachsenen. Der erste Sommer nach langer Zeit ohne Krieg und Diktatur neigt sich allmählich seinem Ende zu. Aus allen Winkeln und Ecken und Himmelsrichtungen tauchen wieder Freunde und Bekannte auf. Unser Haus wird zum Treffpunkt für die Jugend, die neu zu leben beginnt. Verschüttete Ideale, die die verheerende Ideologie der Nazis, der fast ein ganzes Volk verfallen war, trotzdem bei uns jungen Menschen nicht ganz auszulöschen vermochte, tauchen wieder in unseren Köpfen auf. „Mir nach, spricht Christus, unser Held ..." Mit welcher Begeisterung wir dieses Lied singen! Leidenschaftlich versuche ich, ihm nachzueifern, er wird für uns alle zum Leitbild. Die zusammengebrochenen Begriffe von Moral, sie sind für uns jetzt oberstes Gebot. Bei Nacht und Nebel brechen wir jungen Menschen auf, um durch das Tal der wilden Endert zum Ziel unseres geistigen Höhenflugs, nach Maria Martental zu wandern. Die Freude und der Frieden, die wir von dort mitnehmen, sind echt und wahr.

Wir leben, leben endlich wieder, trotz vieler Entbehrungen! Theatergruppen spielen in den aufgeräumten Trümmern der Kirche „Die Wächter von Minoriten". „Wenn heller als die Not die Liebe brennt ...", das ist ein Leitsatz aus diesem Theaterspiel, der uns beflügelt und anspornt. Wir erleben eine der ersten Aufführungen von „Des Teufels General" von Zuckmayer in der Schule des kleinen Moseldorfs Ernst. Der Schauspieler Gustav Knuth war einer der da-

maligen Mitwirkenden, und ich habe diese Inszenierung eindrucksvoller im Gedächtnis als alle späteren Verfilmungen mit großen Darstellern.
Ein schöner, unbeschwerter September geht zu Ende.
Seidig schimmernde Herbstfäden schweben durch die Luft, und die ersten Morgennebel, die das Moseltal in einen geheimnisvollen Schleier hüllen, kündigen einen goldenen Oktober an.
Für mich beginnt ein neuer Lebensabschnitt.
Nach langer Unterbrechung des Schulunterrichts soll ich nun nach Koblenz zu den Ursulinen. Endlich wieder eine Schwesternschule für Mamas Sorgenkind! Meine Gefühle bewegen sich zwischen Freude und Beklemmung. Die früheren Erfahrungen mit der Schule waren nicht ermutigend für mich. Aber mein Wunsch nach Weiterbildung und neuen Freundinnen überwiegt doch Mein Schulweg sieht nun so aus: Morgen für Morgen geht die Fahrt nach Koblenz in vollgestopften Güterzügen.

Wir stehen wie die Heringe aneinander gepreßt oder die Menschen hängen z.T. wie Trauben außen auf dem Trittbrett. Ich habe Mühe, nicht zerdrückt zu werden. Leider hat die Natur mir mit meiner Größe von 1,54 m für solche Extremsituationen keinen großen Gefallen getan. Wie oft habe ich schon meine großen Schulkameradinnen beneidet!
Die verschiedensten Gerüche, die mir von allen Seiten in die Nase steigen,, tun ihr Übriges dazu, um mir diese Fahrten zum Alptraum werden zu lassen. Nach etwa 2 Stunden zockelnder Bummelfahrt – an jeder Station steigen neue Menschenansammlungen dazu – hält der Zug schnaufend und laut pfeifend in Güls. Da sämtliche Brücken zerstört sind, müssen wir mit der Fähre übersetzen, um den Anschlußzug in Moselweiß nach Koblenz zu erreichen. Ein Strom von Frauen, Männern und Schülern wälzt sich zur Fähre hinunter. Jeder will der erste sein, es ist ein Rennen, Stolpern und Stürzen, als ob der Teufel hinter ihnen her wäre. Es gelingt mir oft nur mit knapper Not auf der Fähre einen Platz zu ergattern. Einmal werde ich in dem Gedränge so geschubst, daß ich mit einem Bein in der Schiffskette hängenbleibe und kopfüber ins Wasser hänge. In letzter Minute reißt mich jemand hoch. Wie ich geschrien habe!
Der „Run“ auf die Fähre und auf der anderen Seite zum Zug bleibt eine Katastrophe, und nach diesem Erlebnis sucht Mama für mich ein Unterkommen. In einem Kloster erhalte ich ein Bett im Schlafsaal der Küchenmädchen, wo ich mich recht wohl fühle. Die stecken mir „arm mager Mädchen“ ab und zu einen Extrabissen aus der Küche zu.

In der Schule gefällt es mir gut, mein Zeugnis verbessert sich deutlich gegenüber früher. Angst war nie ein guter

Lehrmeister, das zeigt sich bei mir. Ich finde interessante Freundschaften bei den Mädchen und hielte es gut aus, wenn nicht der Winter 1945/46 so bitter, bitter kalt wäre. Ich kann nur noch im Bett meine Hausaufgaben machen. Im Unterricht sitzen wir dick vermummt im Klassenzimmer, wo die Fenster nur notdürftig mit Pappe geflickt sind. Kohlen gibt es keine, und der Wintersturm und die Kälte dringen durch alle Löcher und Ritzen bis in unser Innerstes. Es gibt Kohleferien, wieder eine Unterbrechung.
Ich werde krank und muß im Frühjahr schweren Herzens die Schule verlassen. Das war der Preis dafür, daß wir eine arme, geschlagene Kriegsgeneration sind und dies dem Führer des tausendjährigen Reichs zu verdanken haben.

Ich gehe noch einmal ein paar Monate zurück – es ist der 10. Oktober 1945. Die Vorbereitungen zur Weinlese sind angelaufen, es gibt aber kaum etwas zu ernten. Seit fast 100 Jahren war solch eine Mißernte nicht mehr dagewesen. Noch heute habe ich den Freudenschrei von Betta im Ohr, einen hohen, spitzen Ton, der durch seine Schwingungen Gläser zerspringen lassen kann. Niemals habe ich von ihr solch einen Schrei gehört: „Bernaaard!" Unser kleiner Bruder steht auf einmal in der Tür, ist so einfach wieder da. Viel zu lange Hosen, die ihm ein barmherziger Mensch geschenkt hat, schlottern um seine Beine, und er sieht älter aus, als er ist.
Die lange Ungewißheit über seinen Verbleib und seine überraschende Rückkehr lösen sich bei Mama und Betta in einem Strom von Freudentränen. Endlich ist „beider Junge" wieder da. Dati kommt eilig aus ihrem Speicherzimmer herunter, sie hat Bettas Schrei bis dort oben hinauf gehört.

Und Papa kann die Hilfe seines Jungen nun gut im Weinberg brauchen. Es wird ein Freudenfest veranstaltet.
Die Gevenicher Bas, die „dat arm klein Bernhardchen" auch in ihr Herz geschlossen hat, schenkt uns Mehl, Butter und Eier. Daraus backt Betta einen wundervollen Streuselkuchen, so wie früher. Der große runde Ausziehtisch im Wohnzimmer wird mit dem selten benutzten feinen Biedermeiergeschirr gedeckt, und seit langem ist mal wieder eine frohe Familie darum versammelt.
„Wär doch jetzt dä Bubi och dabei!" seufzt Agnes ein bißchen traurig. Der Franz ist ihr Lieblingsbruder und er fehlt ihr sehr. „Ja, des wär schön," ergänzt Mama. Sie ist gewiß zur Hälfte bei ihrem Ältesten in Frankreich, von dem wir nicht wissen, ob es ihm gut geht.
Am nächsten Tag macht sich Betta mit Agnes auf den langen, beschwerlichen sechsstündigen Weg zu einer Dankwallfahrt durch das Tal der wilden Endert nach Maria Martental. „Ich hab immer zu der Modder Goddes jebät, dat se unsere Bernhard beschütze dät. Un jetzt muß ich mich für ihr Hilf auch bedanke jiehn."
Wie von weither dringen die Stimmen meiner Lieben aus der Vergangenheit zu mir. Ich höre, wie Betta mit ihrer warmen, wohlklingenden Stimme singt: „Meerstern ich dich grüße, ooh Maariiaa hilf . . . "

Rückblick

Ich denke an das Jahr 1953 zurück.
Für ein paar Tage bin ich aus Köln nach Hause gekommen. Man hat mir gesagt, daß Dati es nicht mehr lange macht, Nierenversagen. Sie liegt oben im selben Krankenhaus, in dem unsere Familie schon soviel Leid erfahren hat. Wie ich ganz langsam die vielen steilen Treppen hinaufsteige, bleibe ich zum Verschnaufen auf halber Höhe an dem alten Gnadenbild stehen, das, hinter einem Gitter geschützt, freundlich auf mich sieht. Früher, als wir noch Kinder waren, haben wir der Madonna immer ein paar Blumen zwischen die engen Eisenstäbe gequetscht. Warum jetzt nicht mehr? Nehmen die Heiligen heute einen anderen Stellenwert ein? Oder ist Kinderglaube anders – vielleicht echter, so, wie man ihn noch bei ganz alten Menschen finden kann? Ich bin mir nicht mehr ganz sicher.
Ein schwaches Lächeln huscht über das schon vom Tod gezeichnete Gesicht meiner Tante. Erkennt sie mich noch? „Rialein," flüstert sie leise. Ich schiebe ihr vorsichtig eine Banane Stück für Stück zwischen die blassen Lippen. Das ist der letzte Liebesdienst, den ich ihr noch erweisen kann.
Oben, vor dem Krankenhaus, bleibe ich eine Weile am Geländer stehen und schaue noch einmal etwas wehmütig auf meine geliebte Heimatstadt hinunter. Über die Dächer hinweg sieht man bis weit hinüber auf die Moselberge mit ihren Weinbergen und den waldigen Höhen. Dazwischen schlängelt sich in grazilen Windungen unsere „Mussel". Erst in der Fremde erfährt der Mensch, was Heimat bedeu-

tet. Heute vermisse ich hier schmerzlich manche vertrauten Winkel und Ecken aus meinen Kindertagen, die dem Zugeständnis an den „Fortschritt“ zum Opfer fallen mußten. Mir fällt der Refrain unseres Moselliedes ein, das wir früher so gern gesungen haben:

„Oh, Moselland, oh, selig Land!
Ihr grünen Berge, oh Fluß und Tal!
Ich grüß euch von Herzen, viel tausendmal!“

Ich werde wohl immer auf der Suche nach der verlorenen Kindheit bleiben.

Ausklang

Ich schlage die letzte Seite auf: 4. JUNI 1947. *Nun sind schon fast 2 Monate seit Bubis Rückkehr am 28.4.47 verflossen. Ganz unerwartet stand er an der Türe. Von oben hörte ich die Begrüßungsschreie. Er schien mir alt und schmal geworden im Gesicht, aber froh und erlöst.*

Gott muß es lenken bei uns allen!

Die beiden letzten Blätter sind herausgeschnitten, zerfranste Seitenreste hängen am Rand, als hätten zitternde Hände mühsam versucht, Worte auszulöschen, die keiner lesen sollte. Spuren von Bleistiftwortfetzen sind noch erkennbar. Sie ergeben keinen Sinn mehr. Nachdenklich lasse ich das schmale Heft sinken. Was wollte sie noch aufschreiben, um es dann aber nicht mehr für wichtig zu halten? Ich werde es nie erfahren.

Die kommende Zeit wurde ein einziger Überlebenskampf. Der Hunger ging als ständiger Begleiter mit uns, am meisten litten meine kleinen Schwestern darunter. Mamas Teller blieb meist leer. Sie meinte: „Ich bin immer noch dick genug!"

Mama, Betta und Dati hätten wahrhaftig ein Denkmal verdient und viele Frauen in jener schrecklichsten, dunkelsten Zeit, die je Menschen durch Menschen erleben, erdulden mußten. Und keine Geschichtsschreibung kann es fertigbringen, der nachfolgenden Generation dieses Grauen zu erläutern. Vielleicht sind die Aufzeichnungen dieser

Frau aus dem Haus in der Wenzelgasse eher dazu geeignet, die Augen dafür zu öffnen, was damals geschah.
Während wir „Jungen“ unser Leben neu aufbauten, mit vielen Entbehrungen, aber mit einem Schwung Lebensfreude, löschte ihr Leben langsam aus, und sie starb im Jahr 1953.
„Rialein,“ so nannte sie mich meistens liebevoll, „komm, gehste mit mir ins Gärtchen Blumen pflücken?“
Liebes Tantchen, die will ich dir zum Dank für deine Märchen, deine Spiele mit uns, deine unermüdliche Geduld und Fürsorge, mit der du unser Kinderdasein liebevoll gestaltet hast, schenken.
Es klopft am Heizungsrohr – aha, das Signal zum Abendessen für die ganze Familie, ganz so, wie früher! Behutsam lege ich die Tagebücher zurück in die Blechkiste und gehe hinunter zu den anderen.